U0073000

修訂版

讓學生

"不想下課"的西文課

完全圖解

陳怡君 著

內附語言學習MP3光碟

西｜班｜牙｜語
初 級 會 話 篇

成功大學外文系
盧慧娟 教授 專業推薦！

西班牙語是世界三大語言之一，國內學習西語的人數也與日俱增。除了大專院校的相關系所提供西班牙語主副修的課程外，也有許多不同層級的學校陸續開設了西語的選修課程，像是近年來大力推廣的高中第二外語，或是社區大學的終生學習課程等。當學習對象不再侷限於大學生，而西語課也不再只是學校教育體制下才接觸得到的課程時，身為教育工作者，我樂見針對不同背景的學習者所設計的外語學習書籍的出版。

怡君是靜宜大學西研所的第一個畢業生，在我指導其碩士論文期間，即使在後期時間壓縮與體力耗荷下，她仍以積極進取的態度完成被交付的所有任務。在她投入西語教學後，更知道她總是戰戰兢兢地備課，並以活潑、求新求變的教學方式帶領不同的西語學習者認識西語世界，她以極認真盡責的態度致力於教學工作，無怨無悔、樂在其中。實在很高興這麼多年來她一直延續著對西語的熱衷。

本書初稿完成後，怡君帶著書稿來拜訪我。當我看到她針對西語初階學習者特別設計、安排規劃的學習內容，以及圖文並茂的書籍撰寫成果時，心中著實為她感到高興。雖僅在我有限的時間內閱讀此書，提供她粗淺的修改建議，然而我十分肯定怡君對於西語教學的努力付出與撰寫本書的用心。相信這本書的出版對西語的初階學者將會是一大福音。

成功大學外文系教授

盧慧娟

再版序

　　本書自出版以來，獲得來自各界的肯定，筆者實屬欣慰，尤其對第一次接觸西文的讀者來說，更是覺得實用。因為這是一本難度與份量適中，有生動插圖以及適時中文解說的書，可以讓剛開始學習西文的人，很輕易就上手。

　　本書的修正，主要是由於推動西語教育的西班牙皇家學院，在2014的年度公告中*，提出了「指示代名詞：例如este, estos, esa, aquellas (這、這些、那、那些)」等字皆無須再加上重音符號；以及「solo (僅僅)當副詞時」也同樣不需要使用重音。因此本書於2015年的版本，將西班牙皇家學院公告中的重音全部做了改正，以提供給讀者最正確的資訊。

　　如同初版時的序言，在撰寫本書期間，我得到了許多師友的協助與鼓勵；在書籍出版後，也得到了來自老師、同學、親友以及讀者們給我的肯定。在此，還是要特別感謝這一路上曾提供給我建言的所有朋友們。特別是在編寫時，盧慧娟教授提供給我的寶貴意見、María J. Sánchez老師為本書西語部分的校訂、以及好友Teresa和賴孟吟同學的細心校稿。在教學、家庭生活都忙碌的狀況下，能再度完成此書的修正，還要感謝家人的支持。這本書，可說是筆者多年來學習西文的秘訣，也是教學的經驗分享。希望本書對您有所幫助，若有錯誤，尚祈各位先進與讀者不吝指正！

陳怡君 *Emilia*

---

*關於指示詞不需要加重音的這項改變，早已被收錄到西班牙語學院所發布的正字法規則中，只是並未被全然要求。直到RAE (西班牙皇家學院) 的院士極力推動，認為若不更改，視同正字學中的拼字錯誤，因此確定在2013年底列入修正清單中。

目錄
índice

Mi familia

Parte 3

本書特色與使用說明

1

學習之前,先來
認識一下西語的
世界。

認識 西語世界

每個人學習西班牙文的動機不同,有人
因為考完試填到了這個志願就念吧;有
人因為熱愛拉丁文化民情,懂憬他們的
浪漫與熱情,想一窺究竟……

2 認識西文語法

1 西班牙文的動詞變化

西文的動詞三大詞尾為 -ar、-er、-ir,其中又可分成規則與
則是有「直述法」(indicatiovo)與「虛擬法」(subjuntivo)兩
可再往下分成 14 個時態(tiempo simple
compuesto)。

以直述法中的現在式來看三大結尾動詞的變化

主格人稱代名詞	hablar(說)	cor
yo 我	hablo	

3 搭配CD,從字母發音開始學起!

字母與發音說明

Alfabeto español...

字母說明

1 不同的西文教材,對於西班牙語字母究竟有幾個,有不同的列舉。1994年後,西班牙的
塞凡提斯學院將字母統整為 27 個,再扣除外來字 w,則是有 26 個字母,也就是本書中的
30個字母去掉「ch, ll, rr, w」。

2 西文共有五個母音 a, e, i, o, u。其中 a, e, o 為強母音;i, u 為弱母音。只有這五個母音

4 大跨頁的字母與音標

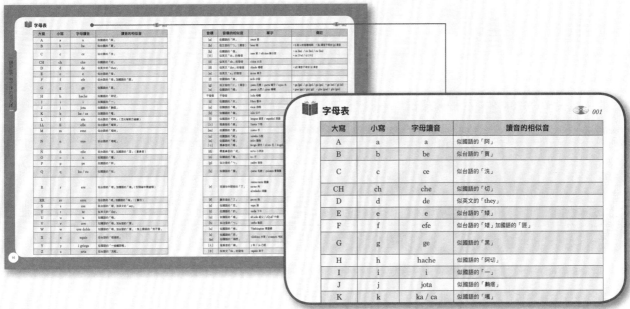

字母表

大寫	小寫	字母讀音	讀音的相似音
A	a	a	似國語的「阿」
B	b	be	似台語的「買」
C	c	ce	似台語的「洗」
CH	ch	che	似台語的「切」
D	d	de	似英文的「they」
E	e	e	似國語的「矮」
F	f	efe	似台語的「矮」加國語的「匪」
G	g	ge	似國語的「黑」
H	h	hache	似國語的「阿切」
I	i	i	似國語的「一」
J	j	jota	似國語的「齁搭」
K	k	ka / ca	似國語的「嘎」

5 每個章名頁都有主題的人物介紹

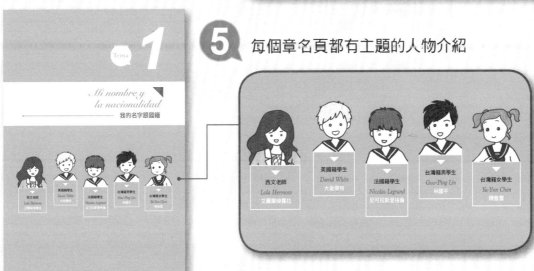

6 身歷其境的會話課

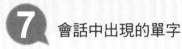

7 會話中出現的單字　❶ 單字表出現的單字若是形容詞，以陽性單數為代表。

❷ 若是動詞，則以原形動詞來表示。

❸ 單字是依字母順序排列，片語或詞組則列在最後。

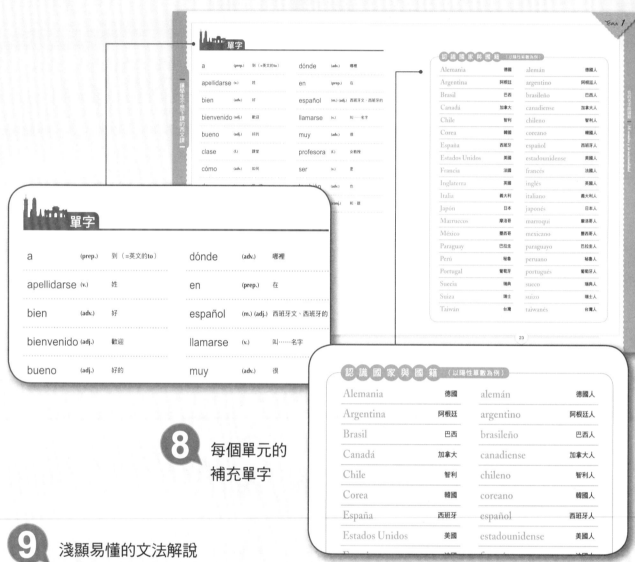

單字

a	(prep.)	到（=英文的to）	dónde	(adv.)	哪裡
apellidarse	(v.)	姓	en	(prep.)	在
bien	(adv.)	好	español	(m.) (adj.)	西班牙文、西班牙的
bienvenido	(adj.)	歡迎	llamarse	(v.)	叫……名字
bueno	(adj.)	好的	muy	(adv.)	很

認識國家與國籍（以陽性單數為例）

Alemania	德國	alemán	德國人
Argentina	阿根廷	argentino	阿根廷人
Brasil	巴西	brasileño	巴西人
Canadá	加拿大	canadiense	加拿大人
Chile	智利	chileno	智利人
Corea	韓國	coreano	韓國人
España	西班牙	español	西班牙人
Estados Unidos	美國	estadounidense	美國人

8 每個單元的補充單字

9 淺顯易懂的文法解說

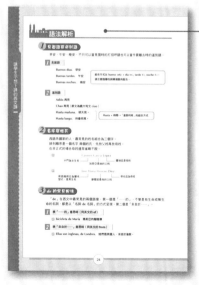

語法解析

1 見面語與道別語

早安、午安、晚安，不只可以當見面時的打招呼語也可以當作要離去時的道別語。

1 見面語

Buenos días. 早安

Buenas tardes. 午安

Buenas noches. 晚安

> 組合方式以 bueno (adj.) + día (m.), tarde (f.), noche (f.)。
> 須注意陰陽性與單複數的配合。

2 道別語

Adiós 再見

Chao 再見（原文為義大利文 ciao）

Hasta mañana. 明天見。

Hasta luego. 待會兒見。

> Hasta + 時間→「直到何時」的組合方式

10 簡單有趣的隨堂練習

C 猜猜以下描述是台灣的哪位公眾人物

Es un presentador taiwanés. Es ni alto ni bajo, de estatura media. Tiene el pelo largo y rizado. Lleva barba. Siempre lleva gafas de sol. Es divertido y parece un casanova. Una cosa más, canta bastante bien.

答案：＿＿＿＿＿＿＿＿＿＿＿＿

11 和東方文化不同的西語小故事

　　相較於西方人見面時擁吻的風俗民情，我們東方人一般來說比較保守。剛來到西語系國家，你可能會不太習慣，但這可是拉丁民族表現禮貌與熱情的方式呢！不過，在西班牙與在中南美洲打招呼的方式還是有些微差距的。基本上，若是正式場合或者還不夠熟悉的人士碰面，可採用握手禮。在朋友或家人之間，西班牙人會兩側臉頰都碰觸，或可說是輕吻臉頰；而在中南美洲則是只行一側的吻臉禮。其實，有些人會真的親吻，有的人則是輕碰臉頰罷了。還記得曾有留學西班牙的朋友分享，他起初不好意思，都是輕碰臉頰再自己配音 B 一聲呢！

12 縮寫解釋

本書中出現的縮寫請參考以下解釋：

m.	陽性名詞	**prep.**	介系詞
f.	陰性名詞	**pron.**	代名詞
v.	動詞	**conj.**	連接詞
adj.	形容詞	**interj.**	感嘆詞
adv.	副詞		

從對話中學習實用的句型與文法，學會後別忘了要牛刀小試一下喔～，解答請參閱書末。

認識
西語世界

每個人學習西班牙文的動機不同，有人因為考完試填到了這個志願就念吧；有人因為熱愛拉丁文化民情，憧憬他們的浪漫與熱情，想一窺究竟……

也有人因為對藝術領域有所涉獵，而想進一步認識著名畫家畢卡索（ *Pablo Picasso* ）、建築師高弟（ *Antonio Gaudí* ）、歌手瑞奇馬丁（ *Ricky Martín* ）、演員潘妮洛普克魯茲（ *Penélope Cruz* ）等等。不管動機為何，不可否認的是，擁有國際觀是當代趨勢，對於我們母語是中文的人而言，會英語是加分，再多學會了西班牙語，就把世界三大語言都給掌握住了。

西班牙語與法語、義大利語、葡萄牙語等，同屬於拉丁語系。全球說西語的人口數約有四億，以西語為官方語言的國家有 *21* 個，除了南歐的西班牙以外，主要分布在中南美洲。若再加上美國、巴西、貝里斯、菲律賓這些境內也有不少西語人口的國家，不難想像西班牙文的普及與重要性！再者，喜歡旅行的朋友們，一定會嚮往這個擁有被聯合國教科文組織評定為世界文化遺產數居全世界第三[*]的國家－西班牙。想親自參與每年四月的春會、七月的奔牛節、八月的番茄節等等嗎？學會西語，就有機會一起來感受這些國際節慶的迷人魅力。活到老學到老，只要有心學習永遠不嫌晚。西語世界的奧妙，等你來探索！

[*]境內擁有的世界文化遺產數，西班牙由 *2012* 年的世界第二落至 *2013* 年的世界第三。

學過英文的人都知道，即使學了多年的英文，遇到新的詞彙時，還是有唸不出來的發音，這也是為什麼大部分英文書的單字都會標上音標。但西文不同，每個字母在單字裡發什麼音幾乎是單一的，只有少數幾個有超過一種的發音方式，所以只要將發音基礎學好，之後拿起西文書，任何單字都難不倒你。

至於西文的語法，動詞大多需要隨著六個人稱做變化，冠詞、名詞與形容詞則有陰陽性、單複數的不同。

1 西班牙文的動詞變化

西文的動詞三大詞尾為 *-ar*、*-er*、*-ir*，其中又可分成規則與不規則動詞。語態（*modo*）則是有「直述法」（*indicatiovo*）與「虛擬法」（*subjuntivo*）兩種。以這兩個語態為基礎，可再往下分成 14 個時態（*tiempo*）：7 個簡單時態（*tiempo simple*）和 7 個複合時態（*tiempo compuesto*）。

以直述法中的現在式來看三大結尾動詞的變化

	主格人稱代名詞	**hablar**（說）	**comer**（吃）	**vivir**（住）
單數	*yo*（我）	*hablo*	*como*	*vivo*
	tú（你／妳）	*hablas*	*comes*	*vives*
	él（他）／ *ella*（她）／ *usted*（您）	*habla*	*come*	*vive*
複數	*nosotros ／ nosotras*（我們）	*hablamos*	*comemos*	*vivimos*
	vosotros ／vosotras（你／妳們）	*habláis*	*coméis*	*vivís*
	ellos（他們）／ *ellas*（她們）／ *ustedes*（您們）	*hablan*	*comen*	*viven*

簡單時態	複合時態
❶ *Presente de indicativo* 直述法中的現在式	❶ *Pretérito perfecto de indicativo* 直述法中的現在完成式
❷ *Indefinido de indicativo* 直述法中的簡單過去式	❷ *Pluscuamperfecto de indicativo* 直述法中的過去完成式
❸ *Imperfecto de indicativo* 直述法中的過去未完成式	❸ *Pretérito anterior de indicativo* 直述法中的先過去式
❹ *Futuro de indicativo* 直述法中的未來式	❹ *Futuro perfecto de indicativo* 直述法中的未來完成式
❺ *Condicional simple* 簡單條件式	❺ *Condicional compuesto* 複合條件式
❻ *Presente de subjuntivo* 虛擬法中的現在式	❻ *Pretérito Perfecto de subjuntivo* 虛擬法中的現在完成式
❼ *Imperfecto de subjuntivo* 虛擬法中的過去未完成式	❼ *Pluscuamperfecto de subjuntivo* 虛擬法中的過去完成式

註：紅色 表示本書有教到的語法，亦為初學者應該學會的基本句型。

所謂的複合時態，以英文的語法來思考，就是用「助動詞＋動詞的過去分詞」。

英文例句：*I've eaten already.*　　**have + eaten**

‖

西文例句：*Yo he comido ya.*　　**he + comido**

（我已經吃過了）

2 西班牙文的肯定句、否定句、疑問句

● 在西文中不管是肯定句、否定句或疑問句，經常都會看到「省略主詞」這個特點。那是因為從句子的動詞變化就可以大概看出主詞為何，因此，若不是為了釐清或是強調主詞的話，通常都會加以省略。

例（**Yo**）**soy María.** 我是瑪莉亞

● 關於否定句，不管是連繫動詞還是一般動詞，只要在動詞前加上 *no* 即可。

例（**Yo**）**no soy María.** 我不是瑪莉亞。

● 至於疑問句，是依照有無疑問詞來決定語調的。沒有疑問詞的問句，語調要上揚；有疑問詞的問句則不需要。

沒有疑問詞的例句：*¿Eres mexicano?*　你是墨西哥人嗎？

有疑問詞的例句：*¿Dónde está el niño?*　那個小孩在哪裡？

● 一般動詞也是直接用動詞作人稱變化，不需要助動詞。

例 **¿Qué lenguas hablas?**　你會講什麼語言？

例 **¿Hablas español?**　你會講西班牙文嗎？

> hablar這個動詞會隨主詞作第2人稱單數的變化，而原本因為問句而被倒裝到動詞後的主詞tú也都被省略了。

3 冠詞、名詞、形容詞的陰陽性與單複數

學習西文的名詞時，需要注意它的陰陽性（*género*）與單複數（*número*）。換句話說，隨著談論到的名詞，其搭配的形容詞與冠詞都需要跟著做變化。

● 如何判別陰陽性？

基本上最常見的狀況是：以「*o*」結尾為陽性，以「*a*」結尾為陰性。但因為有特例，或是關於非人或非動物的名詞時，有較多不同的詞尾出現，因此會比較難判別陰陽性。建議在學新的單字時，可搭配冠詞去記憶名詞的陰陽性。

●冠詞的陰陽性與單複數

	陽性單數	陰性單數	陽性複數	陰性複數
定冠詞	*el*	*la*	*los*	*las*
不定冠詞	*un*	*una*	*unos*	*unas*

> 例 *el libro*（*m.*）書本、*la revista*（*f.*）雜誌　→ **屬於標準判別**
> *el tema*（*m.*）主題、*la mano*（*f.*）手　→ **屬於特例**

●名詞－非人或非動物的陰陽性

① 以 *n, j, l, r* 等子音結尾的字，大多為陽性。
> 例 **el examen**（**m.**）考試、**el reloj**（**m.**）手錶、**el sol**（**m.**）太陽、**el dolor**（**m.**）痛

② 以 *d, z* 結尾的字，大多為陰性。
> 例 **la ciudad**（**f.**）城市、**la luz**（**f.**）光

③ 以 *-ón* 結尾的字，大多為陽性；對比 *-ción* 或 *-sión* 結尾的字大多為陰性。
> 例 **el salón**（**m.**）客廳、**la construcción**（**f.**）建造、**la extensión**（**f.**）擴展

●名詞－人或動物的陰陽性

① 通常會先學陽性名詞，然後用詞尾做變化，再去記陰性名詞。

② 以 *o* 結尾的陽性名詞，改為 *a* 結尾即成為陰性。
> 例 **el niño**（**m.**）小男孩、**la niña**（**f.**）小女孩

③ 以子音結尾的陽性名詞，直接加上 *a* 改為陰性。
> 例 **el pintor**（男畫家）+ a = **la pintora**（女畫家）

④ 以母音 *-e* 結尾或 *-ista* 結尾的名詞，有陰陽同型的特色。此類型的名詞若搭配冠詞及形容詞出現可幫助判別。
> 例 **el cantante taiwanés**（那位台灣籍的男歌手）
>
> **la cantante taiwanesa**（那位台灣籍的女歌手）

●如何判別單複數？

① 以母音結尾的名詞，複數加上 *s*。
> 例 **el zapato → los zapatos**（鞋子）、**la mesa → las mesas**（桌子）

② 以子音結尾或帶重音的母音結尾名詞，複數則在詞尾加上 *es*。
> 例 **la actividad → las actividades**（活動）；**el marroquí → los marroquíes**（摩洛哥人）

③ 少數不遵循第二條規則的特例。
> 例 **el sofá → los sofás**（沙發）；**el menú → los menús**（菜單）

④ 以 *-z* 結尾的名詞，複數形式在拼字上做了改變，要改為 *-ces*。
> 例 **el lápiz → los lápices**（鉛筆）

字母 與 發音說明

Alfabeto español...

字母說明

1 不同的西文教材，對於西班牙語字母究竟有幾個，有不同的列舉。1994年後，西班牙的塞凡提斯學院將字母統整為27個，再扣除外來字w，則是有26個字母，也就是本書中的30個字母去掉「ch, ll, rr, w」。

2 西文共有五個母音a, e, i, o, u。其中a, e, o 為強母音；i, u 為弱母音。只有這五個母音可以有重音符號，例如：teléfono（電話）

3 「w」在中南美洲不唸成「uve doble」，而是有「doble ve」、「doble u」等不同的唸法。

4 重音規則：

① 以母音或子音中的「n, s」結尾，重音落在倒數第二個音節。

② 除了「n, s」以外的其他子音結尾，重音落在最後一個音節。

③ 字的本身帶有重音符號，重音就落在符號的位置。

5 音節的組合方式：

① 母音可單獨成立一個音節。

② 一般的組合則是「子音＋母音」。

③ 當有兩個重母音時，要分開成不同的音節。

④ 雙母音或三母音的組合即為「一強一弱母音」、「兩弱」或「兩弱搭一強母音」。

例 弱+強→ia (fa-mi-lia)

強+弱→au (au-ro-ra)

兩弱→iu (ciu- dad)

兩弱夾一強→iai (es-tu-diáis)

> 西班牙文的發音是很簡單的！
> 只要將音標學好，再熟記重音規則，
> 基本上看到任何一個字都會發音。

發音說明

1 濁音與清音：西文中的濁音與清音，若發音不夠清楚就很容易讓人誤解成其他意思。

例 濁音[b]	清音[p]
boca 嘴巴	poca 少的
vista 視野	pista 場地
dos 數字二	tos 咳嗽
gallo 公雞	callo 老繭

2 顫舌與否的[r]與[r̄]：西文中最特殊且會讓人覺得有羅曼蒂克風情的就是顫舌音。

例 不顫舌[r]	顫舌[r̄]
caro 貴的	carro 汽車 (中南美洲説法)

如何在電腦上打出西文字？

第一種：直接在WORD中，插入 → 符號 → 拉丁文 → 尋找需要的字。

第二種：在鍵盤為English 系統下打內碼，請記得先開 Num Lock（亮黃燈）。

以下均以按住 **Alt** 再加上所屬號碼，例如：Alt + 0225 = á

á	é	í	ó	ú	ñ	ü	Ñ
0225	0233	0237	0243	0250	0241	0252	0209
¿	¡	Á	É	Í	Ó	Ú	Ü
0191	0161	0193	0201	0205	0211	0218	0220

第三種：設定→控制台→地區及語言選項→新增→西班牙文(任何國家選項皆可)

■ 先按英文引號 [']，再按**母音**，例如：['] + a = á

á	é	í	ó	ú
a	e	i	o	u

■ 以下均以按住 **Shift** 再加上所屬號碼，例如：Shift + : (冒號) = Ñ

Ñ	¿ (倒問號)	? (問號)	: (冒號)	= (等號)
冒號(：)	加號(＋)	破折號(-)	英文句號(.)	數字0
! (驚嘆號)	" (引號)	&	((左括號)	) (右括號)
數字1	數字2	數字6	數字8	數字9

大寫	小寫	字母讀音	讀音的相似音
A	a	a	似國語的「阿」
B	b	be	似台語的「買」
C	c	ce	似台語的「洗」
CH	ch	che	似國語的「切」
D	d	de	似英文的「they」
E	e	e	似台語的「矮」
F	f	efe	似台語的「矮」加國語的「匪」
G	g	ge	似國語的「黑」
H	h	hache	似國語的「阿切」
I	i	i	似國語的「一」
J	j	jota	似國語的「齁搭」
K	k	ka / ca	似國語的「嘎」
L	l	ele	似台語的「矮咧」（舌尖碰前方齒齦）
LL	ll	elle	似台語的「矮耶」
M	m	eme	似台語的「矮妹」
N	n	ene	似台語的「矮呢」
Ñ	ñ	eñe	似台語的「矮」加國語的「涅」（重鼻音）
O	o	o	似國語的「喔」
P	p	pe	似國語的「杯」
Q	q	ku / cu	似國語的「咕」
R	r	ere	似台語的「矮」加國語的「瑞」（舌頭碰中間齒顎）
RR	rr	erre	似台語的「矮」加國語的「瑞」，（顫舌）
S	s	ese	似台語的「矮」加英文的「say」
T	t	te	似英文的「day」
U	u	u	似國語的「嗚」
V	v	uve	似國語的「嗚」加台語的「買」
W	w	uve doble	似國語的「嗚」加台語的「買」，加上國語的「兜不雷」
X	x	equis	似台語的「矮基斯」
Y	y	i griega	似國語的「一蛤蠣耶嘎」
Z	z	zeta	似台語的「洗乾」

音標	音標的相似音	單字	備註
[a]	似國語的「阿」	amor 愛	
[b]	似注音的「ㄅ」（濁音）	beso 吻	• b 和 v 的音標相同　• [b] 濁音不等於 [p] 清音
[k] [θ]	似國語的「個」 似英文「th」的發音	casa 家 / oficina 辦公室	• ca [ka] / co [ko] / cu [ku] • ce [θe] / ci [θi]
[č]	似英文「ch」的發音	chica 女孩	
[ð]	似英文「the」的發音	dónde 哪裡	• [d] 濁音不等於 [t] 清音
[e]	似英文「a」的發音	mesa 桌子	
[f]	似國語的「佛」	sofá 沙發	
[g] [x]	似注音的「ㄍ」（濁音） 似國語的「喝」	gasto 花費 / gorra 帽子 / agua 水 gente 人們 / girar 轉彎	• ga [ga] / go [go] / gu [gu]　• ge [xe] / gi [xi] • gue [ge] / gui [gi]　• güe [gue] / güi [gui]
不發音	不發音	hola 哈囉	
[i]	似國語的「衣」	libro 書本	
[x]	似國語的「喝」	viaje 旅程	• 帶點氣音的ㄏ
[k]	似國語的「個」	kilo 公斤	• 不是氣音的ㄎ
[l]	似國語的「了」	lengua 語言 / español 西語	• 置字尾時，比英文 [l] 短
[λ]	發扁音的「姨」	lluvia 下雨	• 雖有地區口音差異，但大部分發「扁音一」
[m]	似國語的「麼」	mano 手	• 不管是置於母音前或母音後皆與英文 [m] 發音同
[n] [n] [ŋ]	似國語的「呢」 似國語的「嗯」 帶鼻音的「嗯」	novela 小說 atún 鮪魚 tango 探戈 / cinco 五 / ángela 天使	• 置於母音前或母音後與英文發音同，但需要注意 　的是若置於 [g]、[k]、[x] 之前，則採 [ŋ] 發音
[ñ]	帶重鼻音的「泥」	niño 小男孩	• 鼻音比 [n] 重些
[o]	似國語的「喔」	no 不	
[p]	似注音的「ㄅ」	padre 爸爸	• 不是英文 [p] 的送氣音
[k]	似國語的「個」	queso 乳酪 / quiosco 書報攤	• 只有兩個組合 que/ qui，其中 u 不發音 • 與 c 字母的 [k] 及 k 字母的 [k] 發音同
[r]	舌頭往中間移的「了」	restaurante 餐廳 carne 肉 alrededor 周圍	• 不要像英文的 [r] 將舌頭從兩側捲起。 • 跟 [l] 來對比，[r] 發音位置是往中間齒齦彈動。 • 放在字首要發顫舌音 • 放在 [l], [n], [s] 後要發顫舌音。
[r̄]	顫舌音的「了」	perro 狗	• 顫舌音
[s]	似國語的「思」	sopa 湯	
[t]	似國語的「的」	tarde 下午	• 不是英文 [t] 的送氣音
[u]	似國語的「嗚」	abuelo 祖父 / ¿Qué? 什麼	• 出現在 que, qui, gue, gui 組合時，u 不發音
[b]	似注音的「ㄅ」	verbo 動詞	
[u]	似國語的「嗚」	Washington 華盛頓	• 外來字
[s] [ks]	似國語的「思」 似國語的「個思」	xilófono 木琴 / examen 考試	
[λ]	發扁音的「姨」	y 和 / ya 已經	• 同 ll，有區域性的口音；但大部分唸扁音的「姨」
[θ]	似英文「th」的發音	zapato 鞋子	• 中南美洲發 [s] 音

Mi nombre y la nacionalidad

我的名字跟國籍

西文老師
Lola Hermoso
艾爾摩梭蘿拉

美國籍學生
David White
大衛懷特

法國籍學生
Nicolas Legrand
尼可拉斯里格倫

台灣籍男學生
Guo-Ping Lin
林國平

台灣籍女學生
Ya-Yun Chen
陳雅雲

讓學生不想下課的西文課

Buenos días, yo soy la profesora de español. Me llamo Lola. ¿Cómo estáis?
早安我是西文老師，我叫做蘿拉。你們好嗎？

Lola

Muy bien.
很好。

Profesora, ¿cómo se apellida?
老師，請問您姓甚麼？

Hermoso

Hermoso, H-E-R-M-O-S-O. Y tú, ¿cómo te llamas?
艾爾摩梭；艾-爾-摩-梭。那你呢？你叫什麼名字？

Me llamo David.
我叫做大衛。

¿De dónde eres?
你是哪裡人呢？

Soy de Estados Unidos.
我來自於美國。

20

我的名字跟國籍 ■ *Mi nombre y la nacionalidad*

Bien. Y vosotros, ¿cómo os llamáis?
很好，那你們呢？
你們叫什麼名字？

Me llamo Nicolas Legrand, de Francia.
我叫作尼可拉斯里格倫，來自於法國。

Yo soy Guo-Ping Lin, de Taiwán.
我是林國平，來自於台灣。

Yo también soy taiwanesa, de Taichung. Me llamo Ya-Yun Chen.
我也是台灣人，來自於台中。我叫做陳雅雲。

Muy bien, bienvenidos a España.
很好，歡迎你們來到西班牙。

Taichung

a	(prep.)	到（=英文的to）	dónde	(adv.)	哪裡
apellidarse	(v.)	姓	en	(prep.)	在
bien	(adv.)	好	español	(m.) (adj.)	西班牙文、西班牙的
bienvenido	(adj.)	歡迎	llamarse	(v.)	叫……名字
bueno	(adj.)	好的	muy	(adv.)	很
clase	(f.)	課堂	profesora	(f.)	女教授
cómo	(adv.)	如何	ser	(v.)	是
de	(prep.)	從、的	también	(adv.)	也
día	(m.)	日、白天	y	(conj.)	和、跟

005

認識國家與國籍 （以陽性單數為例）

Alemania	德國	alemán	德國人
Argentina	阿根廷	argentino	阿根廷人
Brasil	巴西	brasileño	巴西人
Canadá	加拿大	canadiense	加拿大人
Chile	智利	chileno	智利人
Corea	韓國	coreano	韓國人
España	西班牙	español	西班牙人
Estados Unidos	美國	estadounidense	美國人
Francia	法國	francés	法國人
Inglaterra	英國	inglés	英國人
Italia	義大利	italiano	義大利人
Japón	日本	japonés	日本人
Marruecos	摩洛哥	marroquí	摩洛哥人
México	墨西哥	mexicano	墨西哥人
Paraguay	巴拉圭	paraguayo	巴拉圭人
Perú	秘魯	peruano	秘魯人
Portugal	葡萄牙	portugués	葡萄牙人
Suecia	瑞典	sueco	瑞典人
Suiza	瑞士	suizo	瑞士人
Taiwán	台灣	taiwanés	台灣人

我的名字跟國籍 ▌ *Mi nombre y la nacionalidad*

1 見面語與道別語

早安、午安、晚安，不只可以當見面時的打招呼語也可以當作要離去時的道別語。

1 見面語

Buenos días.　早安

Buenas tardes.　午安

Buenas noches.　晚安

> 組合方式以 bueno (adj.) + día (m.), tarde (f.), noche (f.)。
> 須注意陰陽性與單複數的配合。

2 道別語

Adiós 再見

Chao 再見（原文為義大利文 ciao）

Hasta mañana.　明天見。

Hasta luego.　待會兒見。

> Hasta +時間→「直到何時」的組合方式

2 名字與姓氏

西語系國家的人，最常見的姓名組合為三個字。
排列順序是一個名字 兩個姓氏，先放父姓再放母姓。
在非正式的場合母姓通常省略不說。

例　Carmen García López

卡門為女生名 ——　加西亞是她的父姓　—— 羅培茲是母姓

例　José María Moreno Díez

荷西瑪莉亞為雙名
型式，是男生名　摩雷諾是他的父姓　—— 帝也茲為母姓

3 de 的常見用法

「de」在西文中最常見的兩個語意，第一個是「……的」，不管是有生命或無生命的名詞，都是以「名詞 de 名詞」的方式呈現。第二個是「來自於……」。

1 表「……的」意思時（同英文的 of）

例 bicicleta de María.　瑪莉亞的腳踏車

2 表「來自於……」意思時（同英文的 from）

例 Ellas son inglesas, de Londres.　她們是英國人，來自於倫敦。

讓學生不想下課的西文課

4 國家與國籍

　　國家名稱為專有名詞要大寫，但國籍不用大寫，不過需要注意陰陽性與單複數的配合。陽性國籍改為陰性，基本上，有由詞尾 **-o** 改為 **-a**，子音結尾加上 **-a**，以及以 **-í** 與 **-ense** 結尾為陰陽性同型等類型。此外，國籍中的陽性單數可以表示該國所使用的語言。

例 義大利　　義大利人

　　Italia　　**italiano**（陽性單數）

　　　　　　　italiana（陰性單數）

　　　　　　　italianos（陽性複數）

　　　　　　　italianas（陰性複數）

例 西班牙　　西班牙人

　　España　　**español**（陽性單數）

　　　　　　　española（陰性單數）

　　　　　　　españoles（陽性複數）

　　　　　　　españolas（陰性複數）

例 巴基斯坦　　巴基斯坦人

　　Paquistán　　**paquistaní**（陽性單數）

　　　　　　　　paquistaní（陰性單數）

　　　　　　　　paquistaníes（陽性複數）

　　　　　　　　paquistaníes（陰性複數）

例 尼加拉瓜　　尼加拉瓜人

　　Nicaragua　　**nicaragüense**（陽性單數）

　　　　　　　　nicaragüense（陰性單數）

　　　　　　　　nicaragüenses（陽性複數）

　　　　　　　　nicaragüenses（陰性複數）

例 比利時　　比利時人

　　Bélgica　　**belga**　　（陽性單數）

　　　　　　　belga　　（陰性單數）　　　　belga 是特殊的陰陽同型字

　　　　　　　belgas　（陽性複數）

　　　　　　　belgas　（陰性複數）

5 ser 與 estar

　　西文中有兩個 Be 動詞，其原形為 ser 和 estar，中文的意思都是「是」。兩個動詞的現在式變化都屬於不規則型，其最基本的差異是 ser 表「本質」，而 estar 表「狀態」或「方位」。

	人稱	ser	estar
單數	yo（我）	soy	estoy
	tú（你／妳）	eres	estás
	él（他）、ella（她）、usted（您）	es	está
複數	nosotros／nosotras（我們）	somos	estamos
	vosotros／vosotras（你／妳們）	sois	estáis
	ellos（他們）／ellas（她們）／ustedes（您們）	son	están

例　Yo soy Ana.　我是安娜。

例　¿Cómo están ustedes? 您們過得好嗎？

例　Somos de Taipei.　我們是台北人。

例　Estamos en Taipei.　我們在台北。

6 介紹姓名：llamarse 與 apellidarse 的動詞使用

　　llamarse 的意思是「叫～什麼名字」，apellidarse 的意思是「姓……」，常用來作為自我介紹或是詢問他人名字時使用。

1 是反身動詞

　　其動詞變化需搭配反身代名詞（me／te／se／nos／os／se）來使用。反身動詞的用法詳見 Tema 8。

	人稱	llamarse	apellidarse
單數	yo（我）	me llamo	me apellido
	tú（你／妳）	te llamas	te apellidas
	él（他）、ella（她）、usted（您）	se llama	se apellida
複數	nosotros／nosotras（我們）	nos llamamos	nos apellidamos
	vosotros／vosotras（你／妳們）	os llamáis	os apellidáis
	ellos（他們）／ellas（她們）／ustedes（您們）	se llaman	se apellidan

例 **Ella se llama Juana y yo me llamo Elena.**

她叫做歡娜，而我叫做愛蓮娜。

例 **El profesor se apellida Chen.** 老師姓陳。

2 以疑問詞 **cómo** 來詢問「如何稱呼某人」

例 **¿Cómo se llama la profesora de español?** 西文老師叫什麼名字？

例 **¿Cómo te apellidas?** 你姓什麼？

A 國籍與國家名稱配對

_____ ❶ chino   Ⓐ Portugal

_____ ❷ israelí   Ⓑ Japón

_____ ❸ portugués   Ⓒ Canadá

_____ ❹ japonesa   Ⓓ China

_____ ❺ canadiense   Ⓔ Israel

B 寫出以下陽性單數國籍的陰性單數變化

❶ taiwanés   _____

❷ alemán   _____

❸ cubano   _____

❹ marroquí   _____

❺ holandés   _____

❻ estadounidense   _____

C 觀察以下三個西語系國家人的名字，找出名和姓。

❶ Carlos Ruiz Sánchez

❷ María Teresa Sanz Iglesias

❸ Miguel Fernández Durán

Nombre（名字）	Apellido del padre（父姓）	Apellido de la madre（母姓）

D 填入 **ser** 或 **estar** 的現在式動詞變化

❶ A：¿De dónde ＿＿＿＿＿＿ usted?

 B：Yo ＿＿＿＿＿＿ colombiano, de Bogotá.

❷ El profesor ＿＿＿＿＿＿ de Madrid.

❸ A：¡Hola, Victoria! ¿Cómo ＿＿＿＿＿＿?

 B：¡Genial! ¿Y tú?

❹ Julia no ＿＿＿＿＿＿ en casa.

相較於西方人見面時擁吻的風俗民情，我們東方人一般來說比較保守。剛來到西語系國家，你可能會不太習慣，但這可是拉丁民族表現禮貌與熱情的方式呢！不過，在西班牙與在中南美洲打招呼的方式還是有些微差距的。基本上，若是正式場合或者還不夠熟悉的人士碰面，可採用握手禮。在朋友或家人之間，西班牙人會兩側臉頰都碰觸，或可說是輕吻臉頰；而在中南美洲則是只行一側的吻頰禮。其實，有些人會真的親吻，有的人則是輕碰臉頰罷了。還記得曾有留學西班牙的朋友分享，他起初不好意思，都是輕碰臉頰再自己配音 **B** 一聲呢！

¿A qué te dedicas?

你的職業是什麼？

銀行職員
（來自馬德里）

Pedro

貝德羅

藥劑師
（來自里斯本）

Amanda

阿曼達

護士
（來自辛德拉）

Pilar

比拉

Hola, me llamo Amanda.
哈囉，我叫做阿曼達。

Hola, soy Pilar.
哈囉，我是比拉。

Hola, me llamo Pedro, ¿y vosotras?
哈囉，我叫做貝德羅，妳們呢？

No sois de aquí, ¿verdad? ¿De dónde sois?
妳們不是當地人，對吧？妳們是哪裡人呢？

Somos portuguesas. Yo soy de Lisboa.
我們是葡萄牙人，我來自里斯本。

Lisboa

Sintra

Soy de Sintra, ¿y tú?
我來自於辛德拉，你呢？

006

Yo soy madrileño, pero ahora vivo en Barcelona, en el centro. Trabajo en el Banco Santander. Y vosotras, ¿qué hacéis?
我是馬德里人,但現在住在巴塞隆納,住在市區。我在桑坦德銀行工作。妳們呢?

Soy enfermera. Trabajo en el Hospital Plato.
我是護士。我在柏拉圖醫院上班。

¡Ah! Mi mejor amiga también es enfermera. Su esposo es médico. Tienen una clínica.
啊!我最好的朋友也是護士耶。她老公是醫生。他們開了間診所。

Soy farmacéutica. Trabajo en una farmacia.
我是藥劑師,在一間藥局上班。

¿Y tú, Amanda? ¿A qué te dedicas?
阿曼達,那妳呢?妳是做什麼的?

Mucho gusto.
很高興認識妳們。

Encantada.
我也很高興認識你。

Encantada.
很高興認識你。

你的職業是什麼? ¿A qué te dedicas?

ahora	(adv.)	現在		farmacia	(f.)	藥房
aquí	(adv.)	這裡		gusto	(m.)	榮幸、開心、嗜好
banco	(m.)	銀行		hacer	(v.)	做
centro	(m.)	中心		madrileño	(m.)	馬德里人
clínica	(f.)	診所		médico	(m.)	醫生
dedicarse	(v.)	致力於、做		mucho	(adj.) (adv.)	很多的、很
encantado	(adj.)	開心的、幸會		pero	(conj.)	但是
enfermera	(f.)	女護士		trabajar	(v.)	工作
esposo	(m.)	老公		verdad	(f.)	真實
farmacéutica	(f.)	女藥劑師		vivir	(v.)	住

008

認 識 職 業 （以陽性單數為例）

abogado	律師	fotógrafo	攝影師
actor	演員	funcionario	公務人員
arquitecto	建築師	guía	導遊
artista	藝術家	ingeniero	工程師
camarero	服務生	juez	法官
campesino	農夫	maestro	老師
cartero	郵差	modelo	模特兒
cocinero	廚師	peluquero	理髮師
comerciante	商人	periodista	記者
contable	會計	pintor	畫家
dentista	牙醫	policía	警察
dependiente	店員	político	政治家
diplomático	外交人員	profesor	教授
director	導演、主任	programador	程式設計師
diseñador	設計師	secretario	秘書
empresario	企業家	taxista	計程車司機
escritor	作家	vendedor	售貨員、商販
estudiante	學生		

你的職業是什麼？ ¿A qué te dedicas?

語法解析

1 地方副詞：這裡、那裡

1 地方副詞在西班牙的說法

aquí	➡	「這裡」表示離說話者較近
ahí	➡	「那裡」表示離聽話者較近
allí	➡	「那裡」表示離兩者均遠

> 要注意「那裡」是有遠近之分的！

2 在拉丁美洲的說法

acá	➡	這裡
allá	➡	那裡

2 說明職業或工作地點

1 常見的問句

例 **¿A qué te dedicas?** 你的職業是什麼？

　　原形動詞是 dedicarse，意思是「致力於……」。

例 **¿Qué haces?**　你是做什麼的？

　　原形動詞是 hacer，意思是「做」。

■ **hacer** 的現在式不規則變化

	人稱	hacer
單數	**yo**（我）	hago
	tú（你/妳）	haces
	él（他）、**ella**（她）、**usted**（您）	hace
複數	**nosotros/nosotras**（我們）	hacemos
	vosotros/vosotras（你/妳們）	hacéis
	ellos（他們）/**ellas**（她們）/**ustedes**（您們）	hacen

2 常見的答句句型

❶ Soy + 職業名稱

例 **Soy escritora.**　我是作家

❷ Trabajo + en + 工作地點

例 **Trabajo en una fábrica de ropa.**　我在一家成衣廠上班。

3 職業名稱的陰陽性與單複數變化

職業的名稱大多還是遵循一般有生命名詞的變化原則，可參閱 **P.13**。

1 以 **-o** 結尾的陽性單數名詞將 **-o** 改成 **-a** 就成為陰性

例 farmacéutico 男藥劑師 → farmacéutica 女藥劑師

2 子音結尾在後方增加 **-a** 就成為陰性

例 profesor 男教授 → profesora 女教授

3 陰陽同型常見的有 **-e** 和 **-ista** 的詞尾類型

例 cantante 男歌手、女歌手

例 taxista 計程車司機

4 不遵循以上規則的特例

例 actor 男演員 → actriz 女演員

例 dependiente 男店員 → dependienta 女店員

> 有些職業名稱儘管有性別上的差異，從詞尾來看好像也可以做變化，但因為社會現象的關係有些字幾乎是不使用。例如：以前空服員大多為女生，所以沒有將 azafata（空姐）這個字的詞尾改成 o 結尾語 azafato 當成「空少」來使用。空少的西文是 auxiliar de vuelo 意思是班機上的助理。另外，在拉丁美洲鮮少有女醫生和女律師，所以習慣上只使用 médico 或 abogado 來稱呼。

4 幸會

mucho gusto 和 encantado 皆可表示「很高興認識你」的意思，但需要注意的是 encantado 是形容詞，要根據說話者的陰陽性與單複數來做變化。

例 A：Me llamo Víctor, ¿y tú? 我叫做維多，你呢？

B：Yo soy Flora, encantada. 我是芙蘿拉，很高興認識你。

A 職業與工作地點配對

_____ ❶ profesor   Ⓐ oficina de correos

_____ ❷ médica   Ⓑ restaurante

_____ ❸ cartero   Ⓒ hospital

_____ ❹ actor   Ⓓ escuela

_____ ❺ camarero   Ⓔ teatro

B 寫出圖片中人物的職業名稱

❶ _____ ❷ _____

❸ _____ ❹ _____

c 根據括號內的原形動詞，填入現在式動詞變化

① A：¿A qué （dedicarse） _____ usted?

B：（Ser） _____ secretaria y （trabajar） _____

en una empresa de exportación.

② Juan y yo （estudiar） _____ en la misma escuela.

③ A：¿Qué （hacer） _____ tu madre?

B：（Ser） _____ ama de casa.

④ Pedro y Julio （trabajar） _____ en un bar.

　　台灣人在國曆新年的前一晚，即使沒能親臨會場，也大多會看著電視上的 **Taipei 101** 跨年煙火秀。那西班牙人有什麼跨年慶祝方式呢？西語系國家的 **Nochevieja** 指的就是國曆的 12 月 31 日晚上。這一晚，西班牙首都——馬德里的太陽門廣場 **(La Puerta del Sol)** 前可熱鬧了，「十二顆幸運葡萄」儀式就要展開！大家會隨著倒數的十二個鐘聲，敲一聲吃一顆葡萄；在鐘聲結束後邁入了新的一年。吃完這十二顆葡萄象徵著為你帶來了來年十二個月的幸運！

Datos personales

個人資料

語言中心秘書
Aurora
奧蘿拉

學員
Luis
路易斯

讓學生不想下課的西文課

¿Diga?
喂？

Buenas tardes.
¿Está Luis Romero?
午安。請問路易斯·羅美洛在嗎？

Sí, soy yo.
我就是。

Soy la secretaria del Centro de Idiomas. Eliges nuestro curso de inglés, ¿verdad? Necesitamos algunos datos.
我是語言中心的秘書。你選了我們的英文課，對吧？我們需要一些資料。

Sí, vale.
是的，好!

English Lesson
Last Name

¿Cuál es tu segundo apellido?
你的第二個姓是什麼？

Rubio.
盧比歐。

¿Qué teléfono tienes?
你的電話號碼是？

Es el 902 88 52 23.
902 88 52 23。

¿Y cuál es tu número de teléfono móvil?
你的手機號碼呢？

662 12 13 16.
662 12 13 16。

¿Tienes correo electrónico?
你有 *E-mail* 嗎？

Sí, Luro88@ yahoo.com
有的，*Luro88@ yahoo.com*

¿Tu dirección, por favor?
請問你的地址是？

Calle Victoria, número 6, segundo A.
維多利亞街六號二樓 A 戶。

¿Y el código postal?
那郵遞區號呢？

08030
08030。

Bien, eso es todo. Muchas gracias.
好的，就這樣。非常謝謝你。

De nada. Hasta luego.
不客氣，再見。

Adiós.
再見。

43

algunos	(adj.)(pron.)	一些		necesitar	(v.)	需要
calle	(f.)	街、路		nuestro	(adj.) (pron.)	我們的
código	(m.)	代號、電碼		número	(m.)	號碼
correo	(m.)	郵件		postal	(adj.)	郵政的
cuál	(pron.)	哪個		segundo	(adj.)	第二
curso	(m.)	課程		teléfono	(m.)	電話
dato	(m.)	資料		todo	(adj.)(pron.)	所有
dirección	(f.)	地址		tu	(adj.)	你的
electrónico	(adj.)	電子的		De nada		不客氣
elegir	(v.)	選擇		¿Diga?		您說、（電話用語）喂
eso	(pron.)	那		Por favor		請
gracias	(f.)	謝謝		¡Vale!		同意；好
móvil	(adj.)(m.)	移動的、手機				

讓學生不想下課的西文課

認 識 0~100 的 數 字

① 數字0～10

數目	0	1	2	3	4	5	6	7	8	9	10
西文	*cero*	*uno*	*dos*	*tres*	*cuatro*	*cinco*	*seis*	*siete*	*ocho*	*nueve*	*diez*

提醒 熟記1～9有助於更大數字的組合喔！

② 數字11～20

數目	11	12	13	14	15
西文	*once*	*doce*	*trece*	*catorce*	*quince*
數目	16	17	18	19	20
西文	*dieciséis*	*diecisiete*	*dieciocho*	*diecinueve*	*veinte*

提醒 11～15以 **ce** 結尾，16～19以 **dieci** 開頭，其中16要注意多了重音符號。

③ 數字21～29

數目	21	22	23	24	25
西文	*veintiuno*	*veintidós*	*veintitrés*	*veinticuatro*	*veinticinco*
數目	26	27	28	29	
西文	*veintiséis*	*veintisiete*	*veintiocho*	*veintinueve*	

提醒 21～29皆以 **veinti** 開頭。 其中22、23、26要注意多了重音符號。

④ 數字30～100

數目	30	40	50	60	70
西文	*treinta*	*cuarenta*	*cincuenta*	*sesenta*	*setenta*
數目	80	90	100		
西文	*ochenta*	*noventa*	*cien*		

提醒 31～99以「十位 + y + 個位」組合。

  例 32：**treinta y dos**

  例 68：**sesenta y ocho**

1 電話號碼

電話號碼一般都採用兩碼、兩碼拆開的方式來閱讀，但也可以用最基本的方式來唸，也就是單碼、單碼的逐字發音。

以電話號碼934675022為例：

由後往前，兩碼、兩碼拆開，最後會變成「934-67-50-22」，這時就可唸成「**novecientos treinta y cuatro, sesenta y siete, cincuenta, veintidós.**」。以中文就是「九百三十四，六十七，五十，二十二」的意思。而「**934**」還可以再拆成「九十三跟四」，唸法則是「**noventa y tres, cuatro.**」

1 詢問對方是否有電話、手機、傳真（以 tú 人稱為例）

❶ ¿Tienes + N?

例　A：¿Tienes fax?　你有傳真嗎？

　　B：Lo siento, no tengo.　對不起，我沒有。

■ tener 的現在式不規則變化

	人稱	**tener**
單數	yo（我）	tengo
	tú（你/妳）	tienes
	él（他）、ella（她）、usted（您）	tiene
複數	nosotros/nosotras（我們）	tenemos
	vosotros/vosotras（你/妳們）	tenéis
	ellos（他們）/ellas（她們）/ustedes（您們）	tienen

❷ ¿Cuál es tu número de + N？

例　¿Cuál es tu número de teléfono móvil?　你的手機是幾號？

❸ ¿Qué +N. + tienes?

例　¿Qué teléfono tienes?　你的電話是幾號？

2 回答電話、手機、傳真號碼

Mi número de + N + es el + 號碼

例　Mi número de móvil es el 616727883.

　　我的手機號碼是 616727883。

2 地址

1 地址的寫法與排列順序

> 街道名 + 門牌號（+ 樓層 + 戶號）
> 郵遞區號 + 城市名（+ 國名）

例 **Plaza de la Libertad, 4**　莎拉曼加市自由廣場四號。

　　37002 Salamanca.　　　郵遞區號是 37002

2 地址中常見的縮寫

縮寫	原字	中文
Avda.	Avenida	大道
C/	Calle	街、路
Dcha.	Derecha	右
Izda.	Izquierda	左
N.º	Número	號碼
Pza. 或 Pl. 或 Plza.	Plaza	廣場
P.º	Paseo	步道

3 地址中的數字

① 門牌號碼以基數來唸

② 樓層在十以內則用序數來唸

例 **P.º de María Agustín, 15, 2º,**

（閱讀方式：「Paseo de María Agustín, número quince, segundo piso」）

■ **1～10** 的序數唸法：

第一	第二	第三	第四	第五
primero	segundo	tercero	cuarto	quinto

第六	第七	第八	第九	第十
sexto	séptimo	octavo	noveno	décimo

4 詢問與回答地址

例 A：¿Dónde **vives?**　　你住在哪裡？

　　　　用 vivir (住) 來問，vivir 屬規則變化。

B：Vivo en la calle Torero.　　我住在鬥牛士街。

例 A：¿Cuál es tu dirección?　　你的地址是？

B：Avenida del Euro, 7.　　歐元大道七號。

3 電子郵件

　　最基礎的唸法是以字母的方式逐字發音。遇到數字時，可以用單碼來唸，也可以整體唸。帳號中若有語意或是能組合的單字，則直接以該單字來發音。

「@」唸：**arroba**。

「 . 」唸 **punto**。

「 - 」唸 **guión**，底線「 _ 」則唸 **guión bajo**。

例 A: ¿Tienes correo electrónico?　　你有 e-mail 嗎？

B: Sí, abc88@tierra.es　　有啊，abc88@tierra.es 。
(e-mail 的閱讀方式：a, be, ce, ochenta y ocho, arroba, tierra, punto, es)

4 所有格形容詞

　　所有格可分為形容詞與代名詞兩種，其功能是為了說明某名詞屬於誰的。本課我們要學的是放在名詞前的所有格形容詞。

中文	西文
我的	mi / mis
你的、妳的	tu / tus
他的、她的、它的、您的	su / sus
我們的	nuestro/ nuestra / nuestros/ nuestras
你們的、妳們的	vuestro/ vuestra / vuestros/ vuestras
他們的、她們的、您們的	su / sus

提醒　只有「我們的」和「你們的」這兩個欄位，有陰陽之分；所有欄位皆有複數型。

例 **vuestra casa**　　你們的家

例 **tus datos**　　　你的資料

例 A: **¿Quiénes son esas chicas?**　　　那些女孩是誰？

　　B: **Son nuestras vecinas.**　　　　是我們的鄰居。

例 **Todos mis hermanos viven en Madrid.**　　我所有的兄弟姐妹都住在馬德里。

> 須注意所有格的陰陽性單複數是隨著修飾的名詞來做變化。就上面的例子來看：**vuestra** 是隨著 casa 做了陰性單數的變化；**tus** 是隨著 datos 做了複數變化；**nuestras** 是隨著 vecinas 做了陰性複數變化；而 **mis** 是隨著 hermanos 做了複數變化。

A 序數與相符合的基數配對

_____ ❶ séptimo   Ⓐ 8

_____ ❷ octavo   Ⓑ 5

_____ ❸ décimo   Ⓒ 10

_____ ❹ tercero   Ⓓ 3

_____ ❺ quinto   Ⓔ 7

B 寫出以下縮寫所代表的西文字

❶ C/ _____

❷ Dcha. _____

❸ Pza. _____

❹ Avda. _____

❺ N.º _____

C 問答連連看

❶ Señor, ¿cuál es su dirección?   Ⓐ Es el 6625889. Es un número de móvil.

❷ ¿Tienes fax?   Ⓑ Flora100@yahoo.com

❸ ¿Cuál es tu correo electrónico?   Ⓒ Lo siento, no tengo. Pero tengo E-mail.

❹ ¿Qué teléfono tienes?   Ⓓ Avenida del Perú, número 14.

❺ ¿En qué ciudad vives?   Ⓔ Vivo en Valencia.

讓學生不想下課的西文課

D 填入所有格形容詞

❶ _____ casa.   我的家

❷ _____ libro.   她的書

❸ _____ chaquetas.   他們的外套

❹ _____ coche.   您們的汽車

❺ _____ hijos.   你的孩子們

❻ _____ regalos.   你們的禮物

西班牙的地址寫法中，在街道欄位除了 avenida（大道）、calle（街或路）、plaza（廣場）等，還會看到 paseo（步道）一字。剛開始，很多人會認為「步道」就是散步的地方，應該就像我們的巷子、小徑，但其實不然。像 Paseo de Gracia（格拉西亞大道）就是巴塞隆納的主要道路之一，街道兩側可說是豪宅區，也是重要的購物區，這裡甚至還是目前西班牙房價最高的街道。在這兒，道路的設計符合了街名，中間最寬的區域是給行人散步的道路，車子反倒在兩側通行。

Tema **4**

Mi familia

我的家庭

室友一
Paula
寶拉

室友二
Celia
賽莉亞

¡Paula, aquí tienes una carta!
寶拉，這裡有妳的一封信喔！

¡Ah! Es de mi hermano. Dice que ya tengo una sobrina linda.
啊！是我哥寄來的。他說我有個可愛的小姪女囉。

¡Qué buena noticia! Pues... ¿cuántos sois en tu familia?
真是個好消息！嗯……妳們家有多少人啊？

Somos seis. ¡Ah! Ahora siete.
六個。啊……現在是七個了。

¿Quién es la de la coleta?
那個綁馬尾的是誰啊？

Mira, esta es una foto de mi familia. Los que están en el centro son mis padres.
你看，這是我家人的照片。中間的就是我爸媽。

Sí, una niña más.
是啊，多了個小女孩。

Es mi hermana menor.
是我妹。

¿Está casada?
她結婚了嗎？

No, está soltera pero tiene novio.
還沒，但她有男朋友了。

¿Y estos dos?
那這兩位呢？

Este es mi hermano mayor y la rubia es mi cuñada.
這是我哥哥，另外那個金髮的女生是我嫂嫂。

¿Todos viven juntos?
所有人都住一起嗎？

Sí.
是啊。

¡Qué familia tan feliz!
真是個幸福的家庭呢！

carta	(f.)	信件、卡片	mayor	(adj.)	較年長的、較大的
coleta	(f.)	馬尾髮型	menor	(adj.)	較年幼的、較小的
cuánto	(adj.) (pron.)	多少的	niña	(f.)	小女孩
decir	(v.)	說、告訴	noticia	(f.)	新聞、消息
este / esta	(adj.)	這	novio	(m.)	男朋友、新郎
estos / estas	(adj.)	這些	pues	(conj.)	嗯、那麼
familia	(f.)	家庭、家人	qué	(interj.)(pron.)	多麼地、什麼
feliz	(adj.)	快樂的、幸福的	quién	(pron.)	誰
foto	(f.)	照片	rubia	(adj.) (f.)	金髮碧眼的、金髮女郎
juntos	(adj.)	一起的	soltero	(adj.)	單身的
lindo	(adj.)	漂亮的、好看的	ya	(adv.)	已經
más	(adv.)	更			

014

認識親屬稱謂

abuelo	爺爺、外公	nieto	孫子、外孫
abuela	奶奶、外婆	nieta	孫女、外孫女
bisabuelo	曾祖父、外曾祖父	nuera	媳婦
bisabuela	曾祖母、外曾祖母	padre	爸爸
cuñado	連襟	primo	堂 / 表兄弟
cuñada	妯娌	prima	堂 / 表姊妹
esposo	老公	sobrino	姪子、外甥
esposa	老婆	sobrina	姪女、外甥女
hermano	兄弟	suegro	岳父、公公
hermana	姊妹	suegra	岳母、婆婆
madre	媽媽	tío	叔、伯、姑丈、舅舅、姨丈
marido	老公	tía	姑、姨、舅媽、伯母、嬸嬸
mujer	老婆、女人	yerno	女婿

015

婚姻狀況（以陽性單數形容詞為例）

casado	已婚的	separado	分居的
divorciado	離婚的	viudo	喪偶的
soltero	未婚的		

1 親屬稱謂

1 大部分的親屬稱謂都是以 -o 和 -a 結尾來區分陰陽性的

例 abuelo 爺爺 → abuela 奶奶

2 不從詞尾做變化的稱謂

例 padre 爸爸 → madre 媽媽

marido 老公 → mujer 老婆

yerno 女婿 → nuera 媳婦

3 同一稱謂有男有女時，以陽性複數作為代表

例 祖父母 abuelos

父母親 padres

兄弟姊妹們 hermanos

4 加上 mayor 和 menor 來區分兄弟姊妹

例 哥哥 hermano mayor → hermano menor 弟弟

姐姐 hermana mayor → hermana menor 妹妹

2 婚姻狀況

1 使用 estar

在 Tema 1 時有提過，使用 ser 來強調「本質」，而 estar 則表示「狀態」。在早期，這兩個 Be 動詞都可以搭配形容詞來表示婚姻的狀態，但現在幾乎都只使用 estar 這個字了。

例 A：¿Estás casado?　　你結婚了嗎？

B：Sí, estoy casado. Y tengo una hija.　　是啊，我結婚了。而且還有一個女兒。

2 隨著主詞做陰陽性單複數變化

例 La tía de Julio está divorciada.　　胡立歐的阿姨離婚了。

3 que 的常見用法

1 當作「連接詞」與「關係代名詞」

例 Dice que ahora no está en casa.　　他說他現在不在家。

> 當作連接詞以帶出後面的名詞子句，並解釋「他說」的內容。

例 **Los que están en el centro son mis padres.** 中間的就是我爸媽。

> 當作關係代名詞使用，目的是帶出後面的形容詞子句，用以描述
> 前面的先行詞，也就是用子句來補充說明 los dos 那兩位是誰。

4 *decir* 的現在式不規則變化

decir 的意思是「說、告訴」，是很常用到的動詞。

例 **Los profesores dicen que Dora estudia mucho.** 老師們說朵拉很用功。

■ **decir 的現在式不規則變化**

	人稱	decir
單數	yo（我）	digo
	tú（你/妳）	dices
	él（他）、ella（她）、usted（您）	dice
複數	nosotros/nosotras（我們）	decimos
	vosotros/vosotras（你/妳們）	decís
	ellos（他們）/ellas（她們）/ustedes（您們）	dicen

5 *qué* 的感嘆句用法

qué 在感嘆句中的中文意思是「多麼……」或「真……」。

1 ¡Qué + Adj. 或 N.！

例 ¡Qué guapa! 真美啊！

例 ¡Qué rollo! 真煩啊！

2 ¡Qué + Adj. + N.！

例 ¡Qué mala suerte! 真倒楣啊！

3 ¡Qué + Adj. + V.！

例 ¡Qué lindo es! 真好看啊！

4 ¡Qué + N. + V.！

例 ¡Qué calor tengo! 我覺得好熱啊！

5 ¡Qué + Adv. + V.！

例 ¡Qué bien pinta! 他畫得真好！

練習

A 親屬稱謂及釋義配對

_____ ❶ tío

_____ ❷ abuelo

_____ ❸ primas

_____ ❹ cuñada

_____ ❺ nietos

Ⓐ Son las hijas de mi tío

Ⓑ Es el padre de mi madre

Ⓒ Es el hermano de mi padre

Ⓓ Es la esposa de mi hermano

Ⓔ Son los hijos de mi hija

B 參考中文翻譯，填入表達婚姻狀態的形容詞（注意陰陽單複數變化）

1. Los profesores de francés están _____ .

   法文老師們都結婚了。

2. Olivia está _____. 奧莉薇亞成了寡婦。

3. Viviana está _____ pero tiene novio.

   薇薇安娜未婚，但是有男朋友了。

C 閱讀以下短文，挑選框框中的親屬稱謂單字，對應空格的圖片

madre / hermano / hermana / abuela / tía / padre

Me llamo Natalia. Somos siete de familia: mi ①  , mis padres,

mi tía, mi ②  mayor, mi ③  menor y yo.

Mi ④  es comerciante y tiene una empresa de exportación.

Mi ⑤  es profesora de inglés. La ⑥  , Flora,

es hermana de mi padre. Está soltera y trabaja en un hospital. Mis hermanos y yo

somos estudiantes. Nosotros vivimos en Salamanca.

① _____   ④ _____

② _____   ⑤ _____

③ _____   ⑥ _____

　　西文的名詞跟形容詞有陰陽、單複數的分別，有些人覺得跟英文比起來，西文要背的單字好像很多。其實，只要理解其中的玄機，就會發現西文其實很簡單！像是陽性改陰性，只要將詞尾 o 改成 a 就可以；或是遇到複數名詞時，只要用陽性複數就可代表有男有女的整體。例如：abuelo 是爺爺 (外公)，abuela 是奶奶 (外婆)，而爺爺奶奶 (外公外婆) 就是用「爺爺＋複數 (abuelos) 」就可以一起表示。只是，要小心的是：padre 是爸爸，madre 是媽媽，padres 可不能翻譯作爸爸們喔！因為爸爸可只有一個呀！

¿Cómo es la chica?

她是個怎樣的女孩？

男同學
David
大衛

女同學
Fátima
法蒂瑪

雙胞胎姐姐
Blanca
布蘭加

雙胞胎妹妹
Rita
莉塔

讓學生不想下課的西文課

¿Conoces a la nueva de la clase? Dicen que es muy guapa.
妳認識班上新來的女同學嗎？聽說是個美女。

Sí, la conozco. Se llama Blanca. También vive en la residencia de la universidad.
認識啊！她叫做布蘭加。她也住在學校宿舍。

¿Cómo es?
是個怎樣的女生啊？

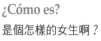

Es morena, alta, ni gorda ni delgada.
黃皮膚黑頭髮，高高的，不胖不瘦。

¿Lleva pelo largo o corto?
長頭髮還是短頭髮？

Lleva pelo largo y rizado. Además, tiene los ojos grandes. Es una chica muy atractiva.
一頭長捲髮。還有著一雙大眼睛。是個很有魅力的女生。

¿Tiene buen carácter?
個性好嗎？

Sí, es muy amable. Siempre sonríe y tiene una sonrisa muy agradable.
是啊，很親切，總是掛著微笑。

¿Tiene novio?
有男朋友嗎？

No lo sé. ¡Ah! Una cosa más, su hermana, Rita, también estudia en nuestra universidad. Son gemelas.
我不曉得。啊，還想到一件事：她妹妹，莉塔，也唸我們學校喔。她們是雙胞胎。

¿De verdad?
真的嗎？

Sí. Mira, aquella del pelo largo y liso es Rita. ¡Qué casualidad!
是啊！你看！那個一頭長直髮的女生就是 莉塔了。真巧啊！

¿La que lleva vestido?
那個穿洋裝的女生嗎？

Correcto.
答對了。

¡Es guapísima! Bueno, en serio, tengo muchas ganas de conocerlas.
超美的！喔……說真的，真想認識她們。

¡David! Tú nunca cambias, ¿eh?
大衛！你都沒變喔！

她是個怎樣的女孩？ ¿Cómo es la chica?

además	(adv.)	此外	llevar	(v.)	穿、戴、蓄（鬍）、留（髮）
agradable	(adj.)	令人高興的	ni	(conj.)	既不
aquella	(pron.)	那個（陰性單數）	nuevo	(adj.)	新的
cambiar	(v.)	改變	nunca	(adv.)	從不
carácter	(m.)	人格特質	residencia	(f.)	宿舍
casualidad	(f.)	巧合	saber	(v.)	知道
conocer	(v.)	認識	siempre	(adv.)	總是、經常
correcto	(adj.)	正確的	sonreír	(v.)	微笑
cosa	(f.)	事物、東西	sonrisa	(f.)	微笑
chica	(f.)	女孩	universidad	(f.)	大學
escuela	(f.)	學校	vestido	(m.)	洋裝
gemela	(f.)	(女)雙胞胎	en serio		說真的
guapa	(adj.)(f.)	美的、美女	tener ganas de		想要

讓學生不想下課的西文課

018

描述人物使用的形容詞 （以陽性單數為例）

aburrido	無趣的	gordo	胖的
alto	高的	grande	大的
amable	友善的	guapo	帥的
antipático	不親切的	joven	年輕的
atractivo	有吸引力的	largo	長的
bajo	矮的	moreno	黃皮膚黑髮的、黝黑的
bonito	好看的	pequeño	小的
corto	短的	rizado	捲的
delgado	瘦的	rubio	金髮碧眼的
divertido	風趣的	simpático	親切的
feo	醜的	viejo	老的

019

五官及面貌

barba	(f.)	連鬢鬍	lunar	(m.)	痣
bigote	(m.)	八字鬍	nariz	(f.)	鼻子
boca	(f.)	嘴巴	ojo	(m.)	眼睛
ceja	(f.)	眉毛	oreja	(f.)	耳朵
cicatriz	(f.)	疤	pelo	(m.)	頭髮

語法解析

1 描述人物的問、答句型

1 問句句型

用疑問詞 **cómo** 加上 **ser** 的動詞變化提問。

例 **¿Cómo eres?** 　　你是個怎樣的人？

例 **¿Cómo es tu padre?** 　　你爸是個怎樣的人？

2 答句句型

❶ 用「ser + 形容詞」來描述外觀或人格特質

例 **Luz es baja y delgada.** 　　露絲矮矮瘦瘦的。

❷ 用「tener + 名詞」來描述具有什麼特色

例 **Antonio tiene bigote.** 　　安東尼奧留著八字鬍。

❸ 用「llevar + 名詞」來描述蓄鬍、留髮或穿著的特色

例 **Carlos siempre lleva vaqueros.** 　　卡洛斯經常穿著牛仔褲。

2 conocer 與 saber

1 conocer 的意思是「認識」

conocer 之後的受格若為人時，要多加一個介系詞「**a**」。

例 **No conozco Barcelona.** 　　我對巴塞隆納這城市不熟。

例 **No conozco a Rubén.** 　　我不認識魯班。

2 saber 的意思是「知道」

除了以名詞或子句當受格之外，也可加上原形動詞，意思是「會……」。

例 **¿Sabes dónde está la casa de Teresa?** 　　你知道雷德莎她家在哪裡嗎？

例 **No sé conducir.** 　　我不會開車。

■ 兩者現在式動詞變化的共同特色是第一人稱單數屬於不規則變化。

	人稱	conocer	saber
單數	yo（我）	conozco	sé
	tú（你／妳）	conoces	sabes
	él（他）、ella（她）、usted（您）	conoce	sabe
複數	nosotros／nosotras（我們）	conocemos	sabemos
	vosotros／vosotras（你／妳們）	conocéis	sabéis
	ellos（他們）／ellas（她們）／ustedes（您們）	conocen	saben

3 *ser* 與 *estar* ＋ *moreno* 的差異

西語系國家的境內常可看到不同膚色的民族，如果要描述他們的外觀，金髮的白種人是 **rubio**、膚色較黝黑的印地安原住民是 **indio**、黃皮膚的混血麥思蒂索人是 **mestizo**、來自非洲的黑人則是 **negro**。若要描述種族特徵時，則是要用 **ser** 加上敘述的形容詞或名詞。但注意 **moreno** 除了有黃皮膚黑頭髮的人種特質之外，還有另一個意思就是「黝黑的」。但此時搭配的 be 動詞就不是 **ser**，而是表狀態的 **estar**。

例 Pilar es una morena.　　比拉是個黃皮膚黑髮的女生。

例 ¡Hola, Pilar! Estás más morena, ¿no?　　嗨，比拉！你現在比較黑喔，不是嗎？

4 指示詞

■ 可分指示形容詞與指示代名詞：2013年之前，當代名詞使用時，須在 e 字母上加上重音。例如：**éste, ése** 及 **aquél**。

	陽性單數	陰性單數	陽性複數	陰性複數
這、這些	este	esta	estos	estas
那、那些	ese	esa	esos	esas
那、那些	aquel	aquella	aquellos	aquellas

1 指示形容詞的陰陽性與單複數要搭配其後的名詞

例 este libro 這本書　➡　estos libros 這些書

例 esta silla 這張椅子　➡　estas sillas 這些椅子

2 「這」和「那」是取決於說話者跟聽話者之間的距離

可搭配 **aquí**、**ahí**、**allí** 這三個地方副詞一起使用。

例 esas cajas de ahí.　　那邊的那些盒子

例 aquella iglesia de allí.　　那邊的那棟教堂

3 當「指示代名詞」來使用時，須跟著指涉的名詞作陰陽單複數變化

例 Aquel que lleva vaqueros es mi primo.　　穿牛仔褲的那個男生就是我表哥。

例 David：Mira, esta es Julia. Es mi prima. Y este es Carlos.

　　Carlos：Mucho gusto.

　　Julia：Encantada.

練習

A 找出反義詞

_____ ① simpático   Ⓐ bajo

_____ ② divertido   Ⓑ liso

_____ ③ alto   Ⓒ pequeño

_____ ④ rizado   Ⓓ antipático

_____ ⑤ grande   Ⓔ aburrido

B 填入正確的指示詞

1. ¡Hola, Nacho! Mira, _____ es Teresa, mi hermana.

2. A：¿Sabes quién es _____ chica de allí?

   B：Es la sobrina de Soledad.

3. 顧客：Buenos días, ¿puedo ver _____ reloj de ahí?

   店員：¿Cuál? ¿éste?

   顧客：Sí, sí, _____ con diamantes.

C 猜猜以下描述是台灣的哪位公眾人物

Es un presentador taiwanés. Es ni alto ni bajo, de estatura media. Tiene el pelo largo y rizado. Lleva barba. Siempre lleva gafas de sol. Es divertido y parece un casanova. Una cosa más, canta bastante bien.

答案：＿＿＿＿＿＿＿＿＿＿＿＿＿＿＿

D 參考提供的單字，用 ser / tener / llevar 等動詞來造句描述右欄的人物

alto / joven / el pelo corto / gafas / amable

＿＿＿＿＿＿＿＿＿＿＿＿＿＿＿＿＿＿＿＿＿

＿＿＿＿＿＿＿＿＿＿＿＿＿＿＿＿＿＿＿＿＿

＿＿＿＿＿＿＿＿＿＿＿＿＿＿＿＿＿＿＿＿＿

＿＿＿＿＿＿＿＿＿＿＿＿＿＿＿＿＿＿＿＿＿

＿＿＿＿＿＿＿＿＿＿＿＿＿＿＿＿＿＿＿＿＿

她是個怎樣的女孩？ — *¿Cómo es la chica?*

　　由顏色所組成的詞組，透過不同的語言翻譯，有時會有所差異。例如：中文的「紅茶」跟英文對照，「紅」對應的是 black（黑色）。紅茶的西文叫 té negro，té 是茶，negro 指的也是黑色。除此之外，西文中最有趣的例子莫過於 viejo verde 了。「viejo」是「老先生」，而「verde」是綠色。然而，組合起來可不是「具有環保概念的老先生」之意啊！因為 verde 在西文中有「色情」的意思，就像是中文裡，我們會用黃色來影射一樣。所以，viejo verde 指的是「色老頭」啊！

Tema **6**

¿Dónde está la plaza Mayor?

主廣場在哪裡啊？

背包客
Francisco
法蘭西斯克

老爺爺
Julio
胡立歐

客服人員
Linda
琳達

Lo siento, no sé.
No soy de aquí.
很抱歉，我不知道。
我不是當地人。

Perdone, ¿sabe dónde está la plaza Mayor?
不好意思，請問您知道主廣場在哪裡嗎？

Disculpe, ¿está cerca de aquí la plaza Mayor?
不好意思，請問主廣場離這裡近嗎？

No, está un poco lejos. ¡Mira, hijo! La estación de Atocha está enfrente. Hay una oficina de turismo dentro. Allí te van a ofrecer informaciones útiles.
不近，有點遠喔。孩子啊，你看！對面就是阿多查車站。裡頭有個旅客服務中心，那裏會提供你一些有用的資訊。

Vale, muchas gracias.
好的，謝謝。

Buenos días. Aquí tiene el mapa de Madrid. Tome el autobús en el paseo de las Delicias hasta la plaza de Jacinto Benavente. La Plaza Mayor está cerca, a unos 5 minutos andando.
早安，這裡有份馬德里地圖給您。您可以在德黎西亞步道搭公車前往貝拿貝德廣場站。主廣場就在那附近，走路大約五分鐘就到了。

Buenos días, ¿para ir a la plaza Mayor, por favor?
早安，請問怎麼去主廣場呢？

讓學生不想下課的西文課

020

Gracias. Y otra pregunta, ¿está al lado la Puerta del Sol?

謝謝。對了,還有一個問題,請問太陽門廣場就在旁邊嗎?

No está al lado, pero está a pocos metros.

不在旁邊喔,但距離不遠。

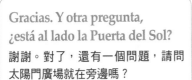

Según el mapa, cojo la calle Gerona, luego cruzo la plaza de la Provincia, y después sigo todo recto por la calle Atocha. Allí está, ¿verdad?

照這地圖來看,我走黑羅納街,然後穿越過波羅賓西亞廣場,再沿著阿多查街直走。那裏就是太陽門廣場了,對吧?

Sí, muy bien. Aquí están algunos folletos turísticos. Son para usted. Bienvenido a Madrid.

是的。這裡有幾份觀光導覽手冊。都是給您的。歡迎您來到馬德里。

De nada. ¡Buen viaje!

不客氣。祝您旅途愉快!

Muchas gracias.

謝謝。

主廣場在哪裡啊? ¿Dónde está la plaza Mayor?

andar	(v.)	走路	para	(prep.)	為了、往
autobús	(m.)	公車	perdonar	(v.)	原諒
coger	(v.)	搭乘、拿、採取	poco	(adj.)	少的
cruzar	(v.)	穿越	por	(prep.)	沿著、經過、由…
después	(adv.)	之後	pregunta	(f.)	問題
disculpar	(v.)	原諒	recto	(adj.)	直的
estación	(f.)	車站	seguir	(v.)	繼續、跟隨
folleto	(m.)	手冊	según	(prep.)	根據
haber	(v.)	有	tomar	(v.)	採取、搭乘、吃喝
información	(f.)	資訊	turismo	(m.)	觀光
mapa	(m.)	地圖	turístico	(adj.)	觀光的
metro	(m.)	公尺、地鐵	útil	(adj.)	有用的
minuto	(m.)	分鐘	ver	(v.)	看
oficina	(f.)	辦公室	viaje	(m.)	旅行
ofrecer	(v.)	提供	de nada		不客氣
otro	(adj.)	其他的	lo siento		對不起

讓學生不想下課的西文課

022

認 識 表 示 方 位 的 副 詞 及 片 語

alrededor	周圍	fuera	在外面
cerca	附近	lejos	遠
debajo	在下面	a la derecha	在右邊
dentro	在裡面	a la izquierda	在左邊
delante	在前面	al final	在最後、在盡頭
detrás	在後面	al fondo	在底部、在盡頭
encima	在上面	al lado	在旁邊
enfrente	在對面	entre A y B	在 A 跟 B 之間

1 問路

1 用地點名稱加上 **por favor** 詢問，意思是「請問……在哪裡？」

例 ¿La universidad Salamanca, por favor?　請問莎拉曼加大學在哪裡？

2 用 **estar** 詢問，意思是「……在哪裡？」

❶：¿Dónde está el / la + 單數名詞?

例 ¿Dónde está el parque Central?　中央公園在哪裡？

❷：¿Dónde están los / las + 複數名詞?

例 ¿Dónde están los servicios?　公廁在哪裡？

3 用 **hay** 詢問，意思是「哪裡有……？」

❶：¿Dónde hay + un/ una + 單數名詞?

例 ¿Dónde hay un banco?　哪裡有銀行啊？

❷：¿Dónde hay + 複數名詞?

例 ¿Dónde hay cajeros automáticos?　哪裡有自動提款機？

hay 的意思是「有」，原形動詞是 haber，其後加上的是不特定的名詞。

2 方位的表達

estar 或 haber 作適當的動詞變化後可用來說明方位；若要解釋與某地間的關係則要加上 **de**。

例 La boca de Metro está a la izquierda.　地鐵口就在左邊。

例 El baño está al final del pasillo.　廁所就在走廊盡頭。

de + el 要合併為 del

例 A: ¿Hay una farmacia cerca de aquí?　這附近有藥房嗎？

B: Sí, al lado de la estación de trenes hay una.　有，在火車站旁邊就有一間。

3 說明兩地相隔的時間或距離

1 甲地 + está + a + 時間 + （de+ 乙地）

例 Mi casa está a diez minutos en moto.　我家，騎摩托車十分鐘就到了。

en + 交通工具表示使用的交通媒介。

2 甲地 + está + a + 距離 + （de + 乙地）

例 Segovia está a unos 90 km de Madrid.　賽哥維亞離馬德里大約 90 公里。

unos 或 unas 置於名詞前表示大約。

4 不規則變化動詞 *ir*

*ir*的意思是「去」，是個使用頻率很高的動詞。

■ *ir*的現在式不規則變化

人稱		*ir*
單數	yo（我）	voy
	tú（你／妳）	vas
	él（他）、ella（她）、usted（您）	va
複數	nosotros／nosotras（我們）	vamos
	vosotros／vosotras（你／妳們）	vais
	ellos（他們）／ellas（她們）／ustedes（您們）	van

1 搭配「**a**」這個介系詞加「地點」表示「要去某地」

例 **Voy a la escuela en bicicleta.** 我騎腳踏車去學校。

2 搭配「**a**」這個介系詞加「原形動詞」表示「將要……」

例 **¿Qué vas a hacer después de la clase?** 下課後你要做什麼？

5 不規則變化動詞 *seguir* 與 *coger*

seguir的意思是「繼續」；**coger**的意思是「搭乘」、「拿」、「採取」。

■ **seguir**與**coger**的現在式不規則變化

人稱		**seguir**	**coger**
單數	yo（我）	sigo	cojo
	tú（你／妳）	sigues	coges
	él（他）、ella（她）、usted（您）	sigue	coge
複數	nosotros／nosotras（我們）	seguimos	cogemos
	vosotros／vosotras（你／妳們）	seguís	cogéis
	ellos（他們）／ellas（她們）／ustedes（您們）	siguen	cogen

提醒 *seguir*的動詞變化是將 *e* 改成 *i*，還要注意 *yo* 人稱的拼字改變。

提醒 *coger*的不規則變化只出現在 *yo* 這個人稱。不過這個動詞在中南美洲帶有性暗示的意思，所以在中南美洲想表示「搭乘」時可改用 *tomar*。

例 **Cojo el autobús a la oficina. = Tomo el autobús a la oficina.**

我搭公車去上班。

練習

A 方位相反詞的配對

_____ ❶ encima   Ⓐ detrás

_____ ❷ a la izquierda   Ⓑ fuera

_____ ❸ delante   Ⓒ lejos

_____ ❹ dentro   Ⓓ debajo

_____ ❺ cerca   Ⓔ a la derecha

B 填入 hay 或 está / están

1. ¿ _____ lejos tu casa?

2. ¿Dónde _____ una parada de taxis por aquí?

3. El Banco Santander _____ en la calle paralela.

4. Los servicios _____ en el segundo piso.

5. _____ muchos restaurantes mexicanos en esta zona.

C 根據括號內的原形動詞，填入現在式動詞變化

1. Nosotros（tomar）_____ el taxi a Taipei.

2. Francisco（ir）_____ a la biblioteca todos los días.

3. Tú（seguir）_____ todo recto por esta calle y luego giras a la

   derecha.

D 參考範例，使用框中提供的單字造句

---

disco 唱片 / estantería 書架 / casa 家 / oficina de correos 郵局 / diccionario
字典 / mesa 桌子 / computadora 電腦 / impresora 印表機 / agenda 記事本
/ El museo del Prado 普拉多博物館

範例： Los discos están encima de la estantería.　唱片在書架上。

1.　我家在郵局旁邊。

_____

_____

2.　你的字典在桌子上。

_____

_____

3.　他的記事本在電腦跟印表機之間。

_____

_____

4.　普拉多博物館就在右手邊。

_____

_____

小故事

　　喜愛藝術的朋友，到西班牙首都馬德里一遊，絕對不能錯過被認為是世界藝術品最密集的地區之一，同時也被稱之為藝術金三角的熱門景點。這金三角指的是普拉多博物館 (El Museo del Prado)、蘇菲雅皇后藝術中心 (El Centro de Arte Reina Sofía) 以及提森波尼米薩美術館 (El Museo de Thyssen- Bornemisza)。普拉多博物館有哥雅著名的作品「穿衣的瑪哈」(La Maja vestida) 與「裸體的瑪哈」(La Maja desnuda)，也有委拉斯奎茲的「侍女圖」(Las Meninas)；蘇菲雅皇后藝術中心展出的作品則以現代化畫家為主，而畢卡索的「格爾尼卡」(Guernica) 畫作則為其鎮館之寶。至於提森波尼米薩美術館則來自於德國貴族提森波尼米薩男爵父子的私人收藏。美術館是以 18 世紀的宮殿改建，本身就是值得參觀的建築。

Mi casa nueva

我的新家

主人
Nieves
雪兒

女訪客
Marisa
馬莉莎

男訪客
Alberto
阿爾貝多

¡Bienvenidos a mi casa nueva!
歡迎來到我的新家！

¡Qué bonita!
好漂亮喔！

Nieves, tu casa tiene un salón muy grande, ¿eh?
雪兒，妳家有個大客廳耶。

Sí, es amplio y luminoso.
是啊！蠻大的，採光也很好。

¿Cuántas habitaciones hay?
有幾間房間呢？

Hay un salón-comedor, una cocina, un estudio, dos dormitorios, dos cuartos de baño y una terraza.
有一廳、一廚、一間書房、兩間臥室、兩間衛浴、還有一個露臺。

¡Mira, Marisa! Hay muchas plantas en la terraza.
馬莉莎，妳看！露臺有好多盆栽耶。

Para mí, es un espacio maravilloso. A veces tomo el sol ahí.
對我來說那是個很棒的地方。有時候我會在那裡作日光浴。

讓學生不想下課的西文課

84

Sueño con tener un estudio propio.
¿Me presentas el tuyo?

我一直夢想有個自己的書房，妳能帶我看看妳的嗎？

¡Claro! ......Este es mi estudio.
Hay un escritorio, un ordenador, una
impresora, una lámpara del pie y
estanterías con bastantes libros.

當然呀！這是我的書房。有一個書桌、一
部電腦、一台印表機、一個立燈、還有放
了很多書的書架。

¡Marisa, ven!
¡Mira! La cocina
también es grande.

馬莉莎，妳來！妳
看！廚房也很大耶。

Hay muchos armarios, un horno,
un microondas, un lavavajillas y un
frigorífico nuevo. ¡Uy! Si tengo una cocina
como esta, voy a cocinar todos los días.

有好多櫥櫃，有烤箱、微波爐、洗碗機、還有
一台新的冰箱。喔！如果我有個像這樣的廚房，
我一定會天天作菜。

¡Buena idea!
好主意！

我的新家 ▎ *Mi casa nueva*

amplio	(adj.)	寬廣的	lavavajillas	(m.)	洗碗機
armario	(m.)	櫥、櫃	luminoso	(adj.)	明亮的
bastante	(adj.)	相當多的	maravilloso	(adj.)	美好的、極棒的
cocina	(f.)	廚房、爐子	microondas	(m.)	微波爐
comedor	(m.)	飯廳	mí	(pron.)	我（受格）
como	(prep.)	如同	ordenador	(m.)	電腦
cuarto de baño	(m.)	浴室	planta	(f.)	植物、樓層
dormitorio	(m.)	臥室	presentar	(v.)	介紹、展現
escritorio	(m.)	書桌	propio	(adj.)	自己的、專屬的
espacio	(m.)	空間	salón	(m.)	客廳
estantería	(f.)	書架	si	(conj.)	假如
estudio	(m.)	書房	soñar	(v.)	夢想、作夢
frigorífico	(m.)	冰箱	terraza	(f.)	露台、陽台
habitación	(f.)	房間	tuyo	(adj.) (pron.)	你的
horno	(m.)	烤箱	venir	(v.)	來
idea	(f.)	主意	¡Claro!		當然
impresora	(f.)	印表機	a veces		有時候
libro	(m.)	書本	tomar el sol		作日光浴

025

認 識 家 中 常 見 的 物 品

bañera	(f.)	浴缸	lavadora	(f.)	洗衣機
cama	(f.)	床	mesa	(f.)	桌子
cojín	(m.)	抱枕	silla	(f.)	椅子
ducha	(f.)	蓮蓬頭	sillón	(m.)	大椅子
equipo de música	(m.)	音響	sofá	(m.)	沙發
espejo	(m.)	鏡子	televisor	(m.)	電視機
fregadero	(m.)	洗碗槽	ventana	(f.)	窗戶
inodoro	(m.)	馬桶			

1 疑問詞 ¿Cuánto?

Cuánto有「疑問形容詞」與「疑問代名詞」兩種功能，但兩者都要隨著修飾的名詞或取代的名詞做陰陽性與單複數的變化。

1 疑問形容詞

例 **¿Cuántas habitaciones hay en tu casa?**　你家有幾個房間？

2 疑問代名詞

例 **¿Cuánto es tu coche nuevo?**　你的新車多少錢啊？

2 所有格代名詞 & 置於名詞後的所有格形容詞

所有格會隨著修飾的名詞，或是被取代的名詞做陰陽性與單複數的變化。

例 A：**¿Es este tu diccionario?**　這是你的字典嗎？

B: **No, el mío está aquí.**　不是，我的字典在這兒。

> 句中的 **mío** 為所有格代名詞，用來取代問句中的陽性單數名詞 diccionario。

例 **En comparación con vuestra casa, la nuestra es pequeña.**

跟你們家來比，我們家算小的。

> 句中的 **vuestra** 為置於名詞前的所有格形容詞；**nuestra** 則為所有格代名詞，用來取代所提過的陰性單數名詞 casa。

例 **¡Hola, Paco! Te presento a Emma, una amiga mía.**

嗨，巴可！我介紹我的一個女性朋友給你認識，她叫愛瑪。

> **mía** 為置於名詞之後的所有格形容詞，用來補充說明前面的陰性單數名詞 amiga。意指：認識的女性友人有好幾個，而愛瑪是其中一個。

中文	西文
我的	mío / mía / míos / mías
你的、妳的	tuyo / tuya / tuyos / tuyas
他的、她的、它的、您的	suyo / suya / suyos / suyas
我們的	nuestro/ nuestra / nuestros/ nuestras
你們的、妳們的	vuestro/ vuestra / vuestros/ vuestras
他們的、她們的、您們的	suyo / suya / suyos / suyas

3 放在介系詞之後的人稱代名詞

除了 **mí** 與 **ti** 兩個人稱之外，其餘的皆與主格人稱代名詞相同。

	人稱	人稱代名詞
單數	**yo**（我）	mí
	tú（你／妳）	ti
	él（他）、**ella**（她）、**usted**（您）	él / ella / usted
複數	**nosotros／nosotras**（我們）	nosotros (nosotras)
	vosotros／vosotras（你／妳們）	vosotros (vosotras)
	ellos（他們）／**ellas**（她們）／**ustedes**（您們）	ellos/ ellas/ ustedes

例外：
①跟我：con + mí 要改成 conmigo
②跟你：con + ti 要改成 contigo
③在你跟我之間：「entre tú y yo」

例 **Este regalo es para ti.** 　這個禮物是給你的。

例 **Estos bombones son para vosotros.** 　這些糖果是給你們的。

例 **¿Vienes conmigo?** 　你要跟我來嗎？

例 **Ellos están hablando de usted.** 　他們正在談論您。

4 常見的介系詞

① **a** 　：給、對、去
② **con** 　：和、用、搭著
③ **de** 　：～的、從、關於
④ **desde** 　：從、自從
⑤ **durante** ：在……期間
⑥ **en** 　：在、以（交通方式）
⑦ **entre** 　：在……之間
⑧ **hacia** 　：朝、往
⑨ **hasta** 　：直到
⑩ **para** 　：為了、對
⑪ **por** 　：因為、用、穿過、藉由
⑫ **sin** 　：沒有、除去
⑬ **sobre** 　：關於、在……之上

A 將右欄的物品與左欄的地點作配對

_____ **1** estudio   **A** sofá

_____ **2** salón   **B** cama

_____ **3** terraza   **C** plantas

_____ **4** dormitorio   **D** ordenador

_____ **5** cuarto de baño   **E** inodoro

B 選出正確的介系詞加代名詞用法

_____ 1. Esta tarde vamos a la piscina. ¿Vienes **A** con nos **B** con mí **C** con nosotros?

_____ 2. Mira, esta caja de chocolate es **A** para yo **B** para ti **C** para tú.

_____ 3. No podemos tener éxito **A** sin vos **B** sin ustedes **C** sin yo.

_____ 4. ¡Oye, cuidado! Los niños están detrás **A** de ti **B** en ti **C** entre ti.

_____ 5. ¿Dónde están Manolo y Benita? El director quiere hablar **A** con los **B** con ellos **C** con ellas.

_____ 6. Jorge se sienta junto **A** a nosotros **B** para nos **C** a yo.

_____ 7. No hay secretos **A** entre ti **B** de ti **C** entre tú y yo.

_____ 8. Vengo aquí **A** por os **B** para tú **C** por vosotros.

c 填入正確的所有格形容詞或所有格代名詞

1. A：¿Vives con _____ padres? 你跟（你）爸媽住嗎？

   B：No, _____ padres viven en Bilbao. 不，我爸媽住在畢爾包。

2. A：¿De quién es esta moto? ¡Qué bonita! 這是誰的摩托車啊？超好看的！

   B：Es _____ 是我的。

3. A：¿Son _____ libros? 這些是您的書嗎？

   B：No, los _____ están en la mesilla. 不，我的（書）在小桌子上。

4. Jacinta no es la novia de Víctor; es una prima _____ .

   哈欣達不是維多的女朋友；而是他的其中一個堂妹。

5. Señor Rodero, ¿me deja _____ coche?

   羅德鑼先生，您的車可以借我嗎？

小故事

不管是去過西班牙或者是有計劃去自助旅行的背包客，應該都聽過西班牙治安不好這件事。若遇上西班牙失業率高的時期，很多人會認為兩者有其必然的關係。其實，這「傳說」對西班牙人而言，不是那麼公平呀！因為連他們自己也對當地的小偷又氣又怕！的確，在西班牙的大都市，失竊率高。主要是因為觀光客多，外來民族混雜，來自不同地方的小偷高手都覬覦來來往往、身上帶有高價值物品的觀光客。舉例來說：馬德里的太陽門廣場、巴塞隆納的蘭布拉斯大道，人潮擁擠的觀光景點，一不留神，相機、手機、包包，沒緊緊抓住，錢財可能就這麼流失了。所以，別忘了：在西班牙包包一定要背在前頭呀！

¿Lo sabes?

Un día normal

我的一天

同事一
Simón
西蒙

同事二
José
荷西

Siento llegar tarde. Es que tengo el coche en el taller.
抱歉，我遲到了，因為我的車子進保養場了。

¿A qué hora te levantas normalmente?
你通常幾點起床的？

A las siete y media, más o menos.
我差不多都七點半起床。

¿Desayunas en casa?
你在家裡吃早餐嗎？

Generalmente sí. A veces traigo un cruasán a la oficina si no tengo tiempo.
大部分是在家裡吃。但假如沒有時間的話，我有時候會帶個可頌來辦公室。

¿No prepara el desayuno tu mujer?
你老婆沒準備早餐啊？

Sí, lo prepara casi todos los días. De lunes a viernes mi mujer se despierta a las siete y cuarto. Se lava, se viste y luego prepara un desayuno delicioso.
有啊，她幾乎天天都會準備。禮拜一到禮拜五我老婆都是七點十五分醒來。 她盥洗後，換衣服，然後就準備美味的早餐。

¿Qué tomáis?
你們都吃些什麼？

Tomamos café con leche, zumo, unos bocadillos y fruta.
我們喝拿鐵、果汁，吃些潛艇堡還有水果。

Muy abundante.
很豐盛呢。

Sí. Mi mujer cree que cada uno tiene que empezar el día con un buen desayuno.
是啊，我老婆認為每個人都應該吃頓豐富的早餐以開啟美好的一天。

Para llevar una vida saludable, ¿os acostáis pronto?
為了要過健康生活，你們也都很早睡覺囉？

Sí, nos acostamos a las once excepto los sábados. Es importante dormir lo suficiente.
是的，除了星期六以外，我們都是十一點鐘就寢。睡得飽是很重要的。

abundante	(adj.)	豐富的	leche	(f.)	牛奶
acostarse	(v.)	就寢	levantarse	(v.)	起床
bocadillo	(m.)	潛艇堡三明治	llegar	(v.)	到達
cada	(adj.)	每一的	media	(f.)	一半
casi	(adv.)	幾乎	normalmente	(adv.)	通常
café	(m.)	咖啡	porque	(conj.)	因為
coche	(m.)	汽車	preparar	(v.)	準備
creer	(v.)	相信、認為	pronto	(adv.)	早
cruasán	(m.)	可頌	saludable	(adj.)	健康的
delicioso	(adj.)	好吃的、美味的	sentir	(v.)	遺憾、感覺
desayunar	(v.)	吃早餐	suficiente	(adj.)	足夠的
desayuno	(m.)	早餐	taller	(m.)	修車場
despertarse	(v.)	醒來	tomar	(v.)	吃、喝、拿取、搭乘
dormir	(v.)	睡覺	traer	(v.)	帶來
empezar	(v.)	開始	vestirse	(v.)	穿
excepto	(prep.)	除…外	vida	(f.)	生活
hoy	(adv.)	今天	zumo	(m.)	果汁
importante	(adj.)	重要的	es que...		因為
lavarse	(v.)	洗、盥洗	tener que...		必須

028

029

我的一天 ■ *Un día normal*

認 識 星 期

domingo	星期天
lunes	星期一
martes	星期二
miércoles	星期三
jueves	星期四
viernes	星期五
sábado	星期六

認 識 月 份

enero	一月
febrero	二月
marzo	三月
abril	四月
mayo	五月
junio	六月
julio	七月
agosto	八月
septiembre	九月
octubre	十月
noviembre	十一月
diciembre	十二月

1 鐘點的表達

hora 是陰性名詞，在表達時間時，在數字的前面加上陰性的定冠詞。

> 例 **Es la una.** 現在是一點。

時間的表達方式可分為三大類：

❶ 整點 **en punto** 此片語加不加皆可。

> 例 **A: ¿Qué hora es?** 現在幾點鐘？
>
> **B: Son las dos (en punto).** 兩點整。

> 「十五分」的西文是 cuarto
> 「三十分」的西文是 media

❷ 30分之前 （幾）點 + y +（幾）分

> 例 **La primera clase empieza a las ocho y diez.** 第一堂課八點十分開始。

> 例 **Me levanto a las siete y cuarto.** 我七點十五分起床的。

❸ 30分之後 （下個鐘點）點 + menos +（幾）分

要以還差幾分就幾點的概念來表達。

> 例 **Salgo de la oficina a las seis menos veinte.** 我五點四十分離開辦公室的。

2 一日的餐點

基本上西班牙的午餐跟晚餐時間都比我們來得晚。通常是兩點鐘吃午餐，晚上九點鐘吃晚餐。下午茶時間大約落在下午六點左右。

	動詞	名詞
(吃) 早餐	desayunar	desayuno
(吃) 午餐	comer 或 almorzar	comida 或 almuerzo
(吃) 下午茶	merendar	merienda
(吃) 晚餐	cenar	cena

> 例 **Las tiendas no abren a la hora de comida.** 這間餐廳午餐時間是不營業的。

> 例 **Normalmente cenamos en la residencia.** 通常我們都在宿舍吃晚餐。

3 反身動詞

反身動詞指的是行為者的動作回到自己本身，或者表達自己的自發行為，及彼此間的相互動作。主要特色是原形動詞在 **-ar**、**-er**、**-ir** 三大結尾後，看得到 **-se** 的詞尾。若作不同時態的動詞變化時，須隨主格的人稱來搭配不同的反身代名詞：**me／te／se／nos／os／se**。

1 表行為者的動作回到自己本身或自發行為

例 **Yo me llamo Miguel.** 我叫作米格爾。

提醒 不作反身動詞用時，*llamar (v.)* 則為打電話或呼叫某人之意。

例 **Mis padres se levantan a las cinco.** 我爸媽五點鐘起床。

提醒 若不作反身動詞用時，*levantar (v.)* 則為「把……舉起」、「叫起來……」之意。

有許多跟生活習慣相關的動詞皆屬於此類，如以下的常見動詞：

反身動詞（原形）及語意		現在式變化類型
acostarse	就寢	o 改 ue
afeitarse	刮鬍子	規則
bañarse	洗澡	規則
cepillarse los dientes	刷牙	規則
despertarse	醒來	e 改 ie
dormirse	睡著	o 改 ue
ducharse	淋浴	規則
lavarse la cara	洗臉	規則
lavarse el pelo	洗頭髮	規則
lavarse las manos	洗手	規則
peinarse	梳頭	規則
pintarse	化妝	規則
quitarse	脫衣	規則
sentarse	坐下	e 改 ie
vestirse	穿衣	e 改 i

例 **En verano me ducho dos veces por día.** 夏天時我一天洗兩次澡。

例 **Las chicas se pintan para ir a la fiesta.** 女孩子們為了要參加舞會而化妝。

2 表彼此間的相互動作

例 **En el aeropuerto ellos se saludan y se abrazan.**

他們在機場互相問候，彼此擁抱。

A 寫出以下時間的西文表達 （範例：8:25 → las ocho y veinticinco.）

① 3:10
_____

② 12: 30
_____

③ 1: 15
_____

④ 7 : 40
_____

⑤ 9: 00
_____

B 選擇框中的動詞並作現在式變化，填入適當的空格中以完成短文

acostarse / ir / levantarse / cenar / desayunar / almorzar

¿Cómo paso un día? Normalmente _____ a las ocho de la mañana.

_____ en casa y _____ a la oficina a las ocho y media.

Siempre _____ en la cafetería con mis compañeros a las dos

aproximadamente. Es que yo vivo solo, después del trabajo, _____ con

mi familia en la casa de mis padres. Casi todos los días _____ a las doce.

C 翻譯

1. 我六點鐘醒來。

_____

2. 那些孩子們沒有洗手。

_____

3. 你通常幾點上床睡覺啊？

_____

西班牙人一天吃幾餐呢？除了一般想像的到早、午、晚三餐外，還有早午茶以及下午茶兩個點心時段。跟我們來比，他們的用餐時間相對地較晚。早餐是隨每個人的上班或上課時間有所差異，午餐普遍都在下午兩點鐘左右，晚餐則到了九點才吃。所以啊，還記得初到西班牙，尚未習慣這樣作息的我們，每每到了中午約十二點，肚子就咕嚕咕嚕叫了。至於晚餐，反倒比較容易適應！因為睡個午覺起來，吃個點心，夏日的西班牙到了九點，天根本還沒黑，所以也就不會像在台灣一樣，六點一到，肚子就餓囉！

En una frutería

在水果行

水果行老闆
Tomás
托瑪斯

客人
Rebeca
芮貝卡

在水果行 ■ *En una frutería*

> ¿Algo más?
> 還要什麼嗎？

> Además quiero melones.
> 另外我還要哈密瓜。

FRUTAS

> Lo siento, no tenemos.
> 很抱歉，我們沒有哈密瓜。

> Vale, entonces dos kilos de naranjas y cinco manzanas. ¿Cuánto es todo?
> 好吧，那麼就兩公斤的柳橙跟五顆蘋果。一共多少錢呢？

> Son 5,85 euros.
> 一共是 5.85 歐.

> Aquí tiene, gracias.
> 錢在這兒，謝謝。

algo	(pron.)	某事(物)	poner	(v.)	放
entonces	(adv.)	那麼、當時	querer	(v.)	想要
euro	(m.)	歐元	rojo	(adj.)	紅色的
frutería	(f.)	水果行	señor	(m.)	先生
kilo	(m.)	公斤	señora	(f.)	太太
le	(pron.) 您/他/她 （第三人稱單數的間接受格代名詞）		señorita	(f.)	小姐
verde	(adj.)	綠色的			

032

認識水果

cereza	(f.)	櫻桃	naranja	(f.)	柳橙
ciruela	(f.)	李子	papaya	(f.)	木瓜
fresa	(f.)	草莓	pera	(f.)	梨子
guayaba	(f.)	芭樂	piña	(f.)	鳳梨
kiwi	(m.)	奇異果	plátano	(m.)	香蕉
limón	(m.)	檸檬	pomelo	(m.)	柚子
mango	(m.)	芒果	sandía	(f.)	西瓜
manzana	(f.)	蘋果	tomate	(m.)	番茄
melocotón	(m.)	水蜜桃	uva	(f.)	葡萄
melón	(m.)	香瓜			

讓學生不想下課的西文課

認識 100 以上 的 數字

① 數字101～999

數目	100（多）	200	300	400	500
西文	*ciento*	*doscientos*	*trescientos*	*cuatrocientos*	*quinientos*
數目	600	700	800	900	
西文	*seiscientos*	*setecientos*	*ochocientos*	*novecientos*	

提醒 ciento 指整數100以外，從101～199 這個 「100多」 的開頭字。

例 101 → ciento uno　　　125 → ciento veinticinco

200～900大部分是由個位數字直接接上 cientos 來表達；其中500, 700, 900有差異。若後頭加上名詞時，要隨著名詞做陰陽性變化。

例 208 顆芒果 → doscientos ocho mangos

760 顆蘋果 → setecientas sesenta manzanas

② 一千以上

數目	1.000	1.000.000（100 萬）
西文	*mil*	*un millón*

提醒 「一千」不要在 mil 前面加上「un」

例 1.009 → mil nueve　　　1.100 → mil cien

③ 數字習慣上會以三位數為區隔來斷點

例 500.001.000 → quinientos millones mil
（聯想方式：500個百萬加上1000，即：五億零一千）

提醒 mil 不作複數型

例 2.000 → dos mil　　　5.001: cinco mil uno

9.876: nueve mil ochocientos setenta y seis

提醒 millón 有 millones 的複數型

例 1.000.000 → un millón　　4.000.003: cuatro millones tres

1 querer

querer 的意思是「喜歡、想要」，屬於 **e** 改 **ie** 的現在式不規則變化動詞，可加名詞或原形動詞。

例 **Queremos una paella.** 我們想要一份海鮮飯。

例 **Quiero comprar un coche nuevo.** 我想買部新車。

■ **querer** 的現在式不規則變化

	人稱	querer
單數	**yo**（我）	quiero
	tú（你/妳）	quieres
	él（他）、**ella**（她）、**usted**（您）	quiere
複數	**nosotros/nosotras**（我們）	queremos
	vosotros/vosotras（你/妳們）	queréis
	ellos（他們）/**ellas**（她們）/**ustedes**（您們）	quieren

2 購物常聽到的招呼用語

因為以客為尊的關係，所以問句通常會以 **usted**「您」來稱呼；不過「您」這個字也經常被省略就是了。

例 **¿Qué le pongo?** 需要我給您什麼呢？
　　　　　原形動詞為 poner，意思是「放」。

例 **¿Qué desea?** 您想要什麼呢？
　　　　　原形動詞為 desear，意思是「想要」。

例 **¿En qué puedo ayudarle?** 有什麼我可以幫您的呢？
　　　　　原形動詞為 poder，意思是「能夠」。

■ **poner** 與 **poder** 的現在式不規則變化

	人稱	poner	poder
單數	**yo**（我）	pongo	puedo
	tú（你/妳）	pones	puedes
	él（他）、**ella**（她）、**usted**（您）	pone	puede
複數	**nosotros/nosotras**（我們）	ponemos	podemos
	vosotros/vosotras（你/妳們）	ponéis	podéis
	ellos（他們）/**ellas**（她們）/**ustedes**（您們）	ponen	pueden

③ 歐元價格的唸法

歐元的符號是「€」，在西文中數字的小數點使用的是逗號。

1,75 euros 的西文唸法是「**un euro con setenta y cinco céntimos**」，但 **céntimos**（分）一字有時會被省略。

④ 詢問價格

詢問價格時，最常使用到的是 **ser**（是）、**costar**（耗費）、 **valer**（價值）這三個動詞。其中 **costar** 屬於 **o** 改 **ue** 的現在式不規則變化動詞。

1 **¿Cuánto es / cuesta / vale + 單數名詞？**

例 **¿Cuánto cuesta una manzana?**　一顆蘋果多少錢呢？

2 **¿Cuánto son / cuestan / valen + 複數名詞？**

例 **¿Cuánto valen estos tomates?**　這幾顆番茄多少錢呢？

3 **結帳時的問法**

例 **¿Cuánto es todo?**　一共多少錢呢？

提醒 *todo* 的意思是「所有」，屬於陽性單數的集合名詞，所以動詞是用第三人稱單數。

4 **¿A cómo está / están + 單數 / 複數名詞？**

用來詢問價格會變動的匯率，或是非以單價來計價的物品。

例 A：**¿A cómo está el dólar?**　美金匯率如何？

B：**A 29 dólares de Taiwán.**　兌 29 塊台幣。

例 A：**¿A cómo están las cerezas?**　櫻桃怎麼賣啊？

B：**A 7 euros el kilo.**　每公斤 7 歐元。

A 將正確的數字作配對

_____ ❶ 2, 4 €

_____ ❷ 1, 75 €

_____ ❸ 100,5 €

_____ ❹ 16 €

_____ ❺ 204 €

Ⓐ cien euros con cincuenta

Ⓑ dos euros con cuarenta

Ⓒ un euro con setenta y cinco

Ⓓ dieciséis euros

Ⓔ doscientos cuatro euros

B 寫出以下阿拉伯數字的西文

❶ 3150 → _____

❷ 7041 → _____

❸ 100000 → _____

❹ 912008 → _____

❺ 16072013 → _____

C 寫出以下圖片的水果名稱

❶ _____ ❷ _____ ❸ _____ ❹ _____

D 根據括號內的原形動詞，填入現在式動詞變化

1. ¿Cuánto（costar）_____ este libro?

2. Este mes los limones（valer）_____ poco.

3. ¿Cuánto（ser）_____ los mangos?

4. ¿A cómo（estar）_____ las sardinas?

5. A：Buenas tardes, queremos un kilo de fresas y una papaya.

 ¿Cuánto（ser）_____ todo?

 B：Son 10,5 euros, señores. Aquí los（tener）_____.

小故事

數字，多一個零少一個零，有差！既然「經濟」不可馬虎，那麼逗點、句點在西文中可得分清楚呀！在台灣，千位一分隔的斷點符號是用逗號，小數點則是用西式的句點，但西班牙文可就相反囉！例如：**100.000**（十萬）的西班牙文唸法是：**cien mil**，指的是一百個千，那個句點就是千位的分隔標記。而 **1,85 €**（一點八五歐）在西班牙文的唸法是 **un euro con ochenta y cinco**，指的是 1 歐元加 85 分，那小數點可是用逗號來表示的喔！

¿Lo sabes?

En los grandes almacenes

在百貨公司

女店員一
Sabina
莎比娜

女顧客
Mella
玫雅

女店員二
Gloria
葛蘿莉亞

男顧客
Lorenzo
洛倫索

讓學生不想下課的西文課

Buenas tardes.
¿En qué puedo ayudarle?
午安。有什麼可以幫忙的嗎？

Querría un vestido para una niña de cuatro años.
我要一件洋裝，是要給四歲小女孩的。

¿De qué color?
想要什麼顏色呢？

Prefiero rosa o blanco.
粉紅色或白色。

Vale, un momento.
好的，請等一下。

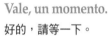

Mire, este blanco es de algodón. Lleva un estampado de flores en el bajo. Es muy bonito, ¿no?
您看這件白色棉質的洋裝。
裙襬有花朵的圖樣，很漂亮吧？

12,85 euros.
十二點八五歐元。

Sí, es vistoso. ¿Cuánto cuesta?
嗯，很好看。多少錢呢？

De acuerdo, me lo llevo.
好的，那我要這件。

034

¿Va a pagar en efectivo o con tarjeta de crédito?
您要付現還是刷卡呢？

Con tarjeta. Aquí la tiene. ¿Y me lo puede envolver? Gracias.
刷卡。卡片在這兒囉。可以幫我包裝嗎？謝謝。

會話　情境二

¿Qué desea?
你需要什麼呢？

Quería unos vaqueros como los del escaparate.
我要一件跟櫥窗那件一樣的牛仔褲。

¿Cuál es su talla, por favor?
請問您的尺寸是？

Por supuesto.
......Mire, aquí los tiene. Al fondo del pasillo están los probadores.
當然囉！⋯⋯褲子在這兒。更衣室就在走廊的盡頭。

La talla 40, el ancho de cintura es 32.
¿Me los puedo probar?
四十號，三十二腰。我可以試穿嗎？

在百貨公司 — *En los grandes almacenes.*

algodón	(m.)	棉	pagar	(v.)	付款
ancho	(m.)	寬度	pasillo	(m.)	走廊
ayudar	(v.)	幫忙	preferir	(v.)	偏好
cintura	(f.)	腰部	probador	(m.)	更衣室
color	(m.)	顏色	probarse	(v.)	試穿
envolver	(v.)	包裝	talla	(f.)	尺寸
escaparate	(m.)	櫥窗	tarjeta de crédito	(f.)	信用卡
estampado	(m.)	印花	vistoso	(adj.)	好看的
flor	(f.)	花	de acuerdo		同意
momento	(m.)	片刻	en efectivo		以現金(支付)

036

認 識 衣 著

abrigo	(m.)	大衣	falda	(f.)	裙子
americana	(f.)	男上衣	jersey	(m.)	毛衣
blusa	(f.)	女上衣	medias	(f.)	絲襪
bufanda	(f.)	圍巾	pantalones	(m.)	褲子
calcetines	(m.)	襪子	reloj	(m.)	手錶
camisa	(f.)	襯衫	sombrero	(m.)	帽子
camiseta	(f.)	T恤	traje	(m.)	西裝
cazadora	(f.)	夾克	vaqueros	(m.)	牛仔褲
corbata	(f.)	領帶	vestido	(m.)	洋裝
chaleco	(m.)	背心	zapatos	(m.)	鞋子
chaqueta	(f.)	外套			

認 識 顏 色

amarillo	黃色	el color beige	米色
azul	藍色	el color claro	淺色
blanco	白色	el color dorado	金色
gris	灰色	el color naranja	橘色
marrón	棕色	el color oscuro	深色
negro	黑色	el color rosa	粉紅色
rojo	紅色	el color violeta	紫色
verde	綠色		

在百貨公司 ▪ *En los grandes almacenes*

語法解析

1 詢問顧客需求

例 **¿Qué desea?** 您想要什麼？

例 **¿En qué puedo ayudarle?** 有什麼我可以幫忙的呢？

例 **¿En qué puedo servirle?** 有什麼我可以為您服務的呢？

2 詢問店家有無某種商品

以**¿Tienen...?** 來詢問，意思是「（您們）有……嗎？」

例 **¿Tienen blusas de seda?** 有絲質的女上衣嗎？

3 簡單表明要某種商品

1 Quiero / Querría / Quería / Quisiera.....

意思是「我想要……」，這四個字的差異來自於不同時態的動詞變化，但在這裡並無時間上的差異之分。除了 **Quiero** 是以現在式的一般性表達外，後面三個皆屬於緩和語氣的客套用法。

例 **Quiero un reloj de diamantes para hombres.** 我要一支男生的鑽錶。

2 Prefiero ...

意思是「我比較喜歡……」。

例 **Prefiero esa corbata rayada.** 我比較喜歡那條條紋領帶。

■ **preferir** 的現在式不規則變化

人稱		preferir
單數	yo（我）	prefiero
	tú（你/妳）	prefieres
	él（他）、ella（她）、usted（您）	prefiere
複數	nosotros/nosotras（我們）	preferimos
	vosotros/vosotras（你/妳們）	preferís
	ellos（他們）/ellas（她們）/ustedes（您們）	prefieren

4 用介系詞 *de* 來補充描述購買的商品細節

1 ...de + 顏色

例 **Quiero una camisa negra.** = **Quiero una camisa de color negro.**

我想要一件黑色襯衫。

2 **...de + 材質**

例 **Querría un jersey de lana.** 我要一件羊毛毛衣。

3 **...de + 尺寸**

例 **Quería unas botas de la talla 36.** 我要一雙 36 號的靴子。

5 詢問付款方式

1 **¿Aceptan ......?**

意思是「接受……嗎？」，原形動詞是 aceptar。

例 **¿Aceptan cheques de viaje?** 收旅行支票嗎？

2 **¿Puedo pagar......?**

意思是「可以用……來付款嗎？」

> 付現：**en efectivo** 或者 **al contado.**

例 **¿Puedo pagar con American Express?** 我可以用美國運通卡付款嗎？

6 直接受格代名詞

使用直接受格代名詞來取代之前提過的受格名詞。

例 **Prefiero esta falda larga. Es bonita y va bien con mi blusa. Me la llevo.**

我比較喜歡這件長裙。很漂亮，而且跟我的上衣很配。我就買這件囉。

> 提醒　*la* 指的就是 *la falda.*

例 **Quiero esa camisa blanca y esos pantalones de color beige. ¿Me los puedo**

probar? 我想要那件白色襯衫跟那件米色褲。我可以試穿嗎？

> 提醒　*los* 指的是 *camisa*（f.）跟 *pantalones*（m.）兩樣東西。指涉的名詞有陰性、有陽性，取陽性複數的代名詞為代表。

■ 直接受格代名詞

人稱		直接受格代名詞
單數	yo（我）	me
	tú（你/妳）	te
	él（他）、ella（她）、usted（您）	lo（陽性）/ la（陰性）
複數	nosotros/nosotras（我們）	nos
	vosotros/vosotras（你/妳們）	os
	ellos（他們）/ ellas（她們）/ ustedes（您們）	los（陽性）/ las（陰性）

練習

A 組合成完整句來表達想購買的物品

_____ ① Quiero un...   Ⓐ falda de seda.

_____ ② Quería una   Ⓑ reloj para niños.

_____ ③ Quería unas   Ⓒ pantalones azules

_____ ④ Quisiera unos   Ⓓ corbatas rayadas

B 寫出下列五種顏色

①

②

③

④

⑤

C 選出正確的受格人稱代名詞

_____ 1. A：¿Quieres estos vaqueros?

B：Sí, Ⓐ lo Ⓑ la Ⓒ los quiero.

_____ 2. ¿Cuánto cuestan esas gafas de sol de Guess?
Me Ⓐ los Ⓑ las Ⓒ lo llevo.

_____ 3. Queremos estas dos bufandas.
¿Nos Ⓐ la Ⓑ los Ⓒ las   puede envolver?

_____ 4. A：Quiero comprar una chaqueta.

B： ¿Dónde Ⓐ lo Ⓑ la Ⓒ las vas a comprar?

D 將下列句子依出現的前後排出 1 ～ 6 的序號來完成購物對話

_____ Buenas tardes.¿Qué desea?

_____ No, esos de Nike.

_____ Quiero unos zapatos deportivos. ¿Puedo ver esos del escaparate?

_____ La 42.

_____ Por supuesto. ¿Estos de Adidas?

_____ Vale,estos de Nike. ¿Qué talla usa?

小故事

很多關於西班牙的旅遊書都會提到 **El Corte Inglés**（英國宮百貨公司）。這是西班牙人逛街購物的好去處，同時可算是在整個西班牙獨大的百貨連鎖企業。然而，事實上「英國宮」的中文譯名是有問題的！因為 corte 這個字在西班牙文中有兩個涵義，一個是陽性的「剪裁」、「切口」，一個是陰性的「宮廷」之意。看它搭配的冠詞跟形容詞，明明都是採用陽性，但卻在名詞的地方選了陰性的錯誤翻譯。再看這個企業的起源，**El Corte Inglés** 最早是一家裁縫店，而「英式剪裁」在當時的裁縫業來說，是一流的剪裁，這樣的名稱有其卓越的象徵。所以，這家後來生意越做越大，甚至擴展成今日百貨龍頭的企業應該要叫「英式剪裁」而非「英國宮」。

En una Boutique

在精品店

女店員一
Ofelia
歐菲莉亞

男顧客
Fidel
菲德爾

女店員二
Felisa
費莉莎

女顧客一
Carlota
卡洛妲

女顧客二
Lorena
蘿雷娜

讓學生不想下課的西文課

Buenos días, ¿qué desea?
早安。您需要什麼呢？

Quería comprar un bolso para mi esposa.
我要買一個皮包送我老婆。

¿De qué material prefiere?
您比較喜歡什麼材質的包包呢？

De cuero. Y me gustan más los colores oscuros.
真皮的。而且我比較喜歡深色的。

¿Qué le parece este marrón? Es un bolso sencillo, de un color intenso pero con un poco de brillo.
那您覺得這個棕色的怎麼樣呢？這是個簡單的包款，深色的包包卻帶點光澤。

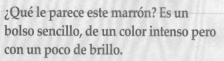

Es precioso y bastante elegante. Creo que puede llevarlo a trabajar o para alguna ocasión especial. Bueno, ¿cuánto vale?
很漂亮，還蠻優雅的。我想我老婆可以帶著這個包包去上班或者要去特別的場合時用。好的，那這個包包多少錢啊？

038

> 120 euros.
> 一百二十歐。

> ¿Me hace un descuento?
> 有折扣嗎？

> Vale, me lo llevo.
> 好吧，那我就買這個。

> Lo siento, el precio es fijo.
> 很抱歉，這是不二價。

> Gracias. Pase por la caja, por favor.
> 謝謝您。請您到櫃檯結帳。

讓學生不想下課的西文課

Lorena, ¿me va bien esta falda?
蘿雷娜,這件裙子我穿起來好看嗎?

Es un poco larga. ¿No te parece?
有點長,妳不覺得嗎?

¿O quiere la otra, la de 20 euros?
還是您要另一件?二十歐元那件?

¿La de seda? Sí, me gusta esa. De verdad, el diseño de esa es mejor que el de esta, pero esta es más barata. ......Lorena, ¿Qué opinas?
那件絲質的?是啊,我是很喜歡那件。說實話,那一件的設計比這一件好,但這一件比較便宜。......蘿雷娜,妳覺得呢?

Te queda un poco grande. El modelo de la de 20 está a la última moda. Creo que te va mejor.
妳穿起來真的大了一些。二十歐的那一件是最新流行的款式,我想那件較適合妳。

De acuerdo. Te entiendo, gracias. ......Señorita, por favor. Quiero esa, la de 20.
嗯,我懂妳的意思了。謝謝。...... 小姐,麻煩一下。我要二十歐元的那件。

Nota

aunque	(conj.)	儘管		material	(m.)	材質、原料
barato	(adj.)	便宜的		mejor	(adj.)	較好的、更好的
bolso	(m.)	皮包		moda	(f.)	流行
brillo	(m.)	光澤		ocasión	(f.)	場合、機會
caja	(f.)	結帳櫃檯、盒子		opinar	(v.)	給意見
comprar	(v.)	買		otro	(adj.)	其他的
cuero	(m.)	皮革		parecer	(v.)	使…覺得、像…
descuento	(m.)	折扣		pasar	(v.)	發生、通過
diseño	(m.)	設計		precio	(m.)	價格
elegante	(adj.)	優雅的		precioso	(adj.)	有質感的
entender	(v.)	懂、了解		quedar	(v.)	(狀態)是…、約定
especial	(adj.)	特別的		seda	(f.)	絲
fijo	(adj.)	固定的		sencillo	(adj.)	簡單的
gustar	(v.)	使…喜歡		último	(adj.)	最新的、最後的
intenso	(adj.)	強烈的、深的、濃的				

041

認 識 材 質

acero inoxidable	(m.)	不鏽鋼		paño	(m.)	絨布
algodón	(m.)	棉質		papel	(m.)	紙
fibra artificial	(f.)	人造纖維		piedra	(f.)	石頭
cristal	(m.)	玻璃		plástico	(m.)	塑膠
hierro	(m.)	鐵		plata	(f.)	銀
lana	(f.)	羊毛		poliéster	(m.)	聚酯纖維
lino	(m.)	亞麻		porcelana	(f.)	瓷
madera	(f.)	木頭		tela	(f.)	巾
nylon	(m.)	尼龍		visón	(m.)	貂皮
oro	(m.)	金				

1 *gustar* 動詞的結構

$$\left(A + \begin{array}{l} \text{mí} \\ \text{ti} \\ \text{él/ ella/ usted} \\ \text{nosotros(~as)} \\ \text{vosotros(~as)} \\ \text{ellos/ ellas/ ustedes} \end{array} \right) + \begin{array}{l} \text{me} \\ \text{te} \\ \text{le} \\ \text{nos} \\ \text{os} \\ \text{les} \end{array} \begin{array}{l} + \text{ gusta } + \left\{ \begin{array}{l} \text{單數名詞} \\ \text{原形動詞} \end{array} \right. \\ \\ + \text{ gustan } + \text{複數名詞} \end{array}$$

　　gustar 的意思是「使（某人）……喜歡」，不同於一般動詞的是，其動詞的變化是隨著後面名詞的單複數或原形動詞而改變。再者，**gustar**前頭須加上**me / te / le /nos / os / les** 等間接受格代名詞；而「**a＋某人**」是指「對……而言」，除非是為了強調或釐清，否則通常會省略。

> 例 A：¿Te gusta ir al cine?　　你喜歡看電影嗎？
>
> 　 B：Sí, me gusta mucho.　　是的，我很喜歡。

> 例 Al profesor no le gustan los alumnos perezosos.　　老師不喜歡懶惰的學生

> 例 ¿A ustedes les gusta esta película?　　您們喜歡這部影片嗎？

2 詢問意見（以 *tú* 人稱為例）

1 ¿Cuál es tu opinión sobre...?

意思是「你對於……的意見是什麼？」。

> 例 ¿Cuál es tu opinión sobre la economía de nuestro país?
>
> 你對於我們國家的經濟有什麼看法？

提醒　*sobre* 或*de* 皆為介系詞，意思是「關於」，兩個字可互用。

2 ¿Qué opinas / crees / piensas de...?

意思是「你對……有什麼看法？」。

> 例 ¿Qué piensas de las corridas de toros?
>
> 你對於鬥牛賽有什麼看法？

提醒　①*opinas*的原形動詞是*opinar*，意思是「持……意見」。
　　　② *crees* 的原形動詞是 *creer*，意思是「相信」。
　　　③ *piensas* 的原形動詞是 *pensar*，意思是「想、思考」。

3 ¿Qué te parece + 單數名詞 / parecen + 複數名詞？

意思是「你覺得……如何？」。

> 例 A：¿Qué te parece este sombrero?　　你覺得這頂帽子如何？
>
> 　 B：Me parece muy bonito.　　我覺得很好看。

3 表達意見（以 *yo* 人稱為例）

1 「Opino / Creo / Pienso ＋ que 名詞子句」

意思是「我認為……」。

例 Opino que la vida está por las nubes.　　我認為物價上漲了。

2 「Me parece que ＋ 名詞子句」

意思是「我覺得……」。

例 Me parece que las corridas de toros son crueles.　　我覺得鬥牛賽是殘忍的。

3 「Me parece / parecen ＋ 形容詞」

意思是「我覺得……」。

例 A：¿Qué te parece esta tarea? 你覺得這個作業如何？

B：Me parece muy útil. 我覺得很有用

4 以 *quedar* 表達「對……某人適合與否」

1 （A ＋ 人）＋ 間接受格代名詞 ＋ queda ＋ 單數名詞

例 Este vestido te queda un poco pequeño.　　這件洋裝對妳來說有點小。

2 （A ＋ 人）＋ 間接受格代名詞 ＋ quedan ＋ 複數名詞

例 A usted estos zapatos le quedan bien.　　這雙鞋很適合您穿。

5 *más* 和 *menos* ＋ 形容詞的比較級

1 「más ＋ Adj. ＋ que」

意思是「比……來得」。

例 Esta falda es más larga que esa.　　這件裙子比那件來得長。

2 「menos ＋ Adj. ＋ que」

意思是「比……來得不」。

例 Este bolso es menos caro que ese.　　這個皮包比那一個來得不貴。

6 百分比的表達

用「數字 ＋ por ciento」來表達百分比的意思，例如：treinta por ciento，百分之三十。

例 ¿Me da un descuento del veinte por ciento?　　您可以幫我打個八折嗎？

 練習

A 物品與材質的配對

① 鑽錶 → reloj _____　　　　Ⓐ de algodón

② 皮靴 → botas _____　　　　Ⓑ de cuero

③ 絲質襯衫 → camisa _____　　Ⓒ de diamantes

④ 棉質 T 恤 → camiseta _____　Ⓓ de seda

B 填入 gusta / gustan 或 parece/ parecen

1. A mi hermana menor no le _____ las películas románticas.

   我妹不喜歡文藝片。

2. A：Nos _____ ir de excursión. ¿Y a vosotros?

   我們很喜歡去踏青。你們呢？

   B：A nosotros, también.

   我們也是。

3. A：¿Qué te _____ estas gafas?

   你覺得這副眼鏡怎樣？

   B：Me _____ un poco caras.

   我覺得有點貴。

4. Esta chaqueta a mi padre le _____ demasiado pequeña.

   我爸爸覺得這件外套太小了。

C 選出正確的動詞變化

_____ 1. Este jersey te Ⓐ quedas Ⓑ queda Ⓒ quedo muy bien.

_____ 2. ¿Qué os Ⓐ parece Ⓑ pareces Ⓒ parecen este bolso?

_____ 3. Mis padres Ⓐ pienso Ⓑ pensáis Ⓒ piensan que este traje es bastante barato.

_____ 4. A：señorita, ¿me Ⓐ hacéis Ⓑ hago Ⓒ hace un descuento del treinta por ciento?

_____ B：Lo siento, no Ⓐ puede Ⓑ poder Ⓒ puedo. Pero le hago un descuento del diez.

D 用括號內所提供的名詞與形容詞，寫出表達比較級的句子

1. 這本書（libro）比那一本有趣。　（有趣的：interesante）

    _____

2. 這條牛仔褲（vaqueros）比那一條窄。　（窄的：estrecho）

    _____

3. 莫妮卡的裙子（falda）比薇薇安娜的裙子來得短。　（短的：corto）

    _____

　　剛開始學一個新的語言，除了問安、打招呼等基礎短句外，無論學習者的年紀或動機，很多人最喜歡學的就是「謝謝」、「漂亮」、「我愛你」等話怎麼說。我想這大概是因為大家都喜歡聽好話的關係吧？！說到「我愛你」的說法，在得到不同的答案後，大家可能會問：「Te amo.」、「Te quiero.」以及「Me gustas.」有什麼不同？基本上，這三句話來自於不同的西班牙語原形動詞：amar（愛）, querer（喜歡）及 gustar（使……喜歡）。其中，gustar 動詞的特殊用法，常會讓不少人搞不清楚「Me gustas.」是「我喜歡你」還是「你喜歡我」。嚴格來說，這三個句子依鍾情的程度來分，由高到低依序是「Te amo.」、「Te quiero.」，最後才是「Me gustas.」。甚至有外國朋友曾經開玩笑地解釋：Te amo 要負責任，Te quiero 不用。

Llamar por teléfono

打電話

▼
同學一
Tina
蒂娜

同學二
Sara
莎拉

▼
蒂娜的媽媽
Margarita
瑪格莉塔

蒂娜的男友
Camilo
卡米羅

▼
攝影師
Fernando Brito
布里多

¿Diga?
喂？

Hola, ¿Puedo hablar con Tina?
你好，請問蒂娜在嗎？

Está ocupada en el jardín. ¿De parte de quién?
她正在花園裡忙耶，請問哪裡找？

De Sara, su compañera del curso de fotografía.
我是莎拉，是蒂娜攝影課的同學。

Ahora no puede ponerse. ¿Quiere dejar un mensaje?
她現在不方便接電話，妳要留個言嗎？

No, gracias. Llamaré más tarde.
不用了，謝謝。我晚一點再打來。

¿Diga?
喂？

Hola, ¿está Tina?
你好，請問蒂娜在嗎？

Con Sara.
我是莎拉。

Sí, soy yo. ¿Con quién hablo?
我就是。哪裡找？

042

打電話 ■ *Llamar por teléfono*

Hola, Sara. ¿Qué pasa?
嗨，莎拉。怎麼啦？

Mira, la exposición fotográfica de Fernando Brito será en el Círculo de Bellas Artes de Madrid. ¿Te apetece ir?
是這樣的，布里多的攝影展將在馬德里美術中心展出。妳想去看嗎？

¡Por supuesto!
¿Cuándo es?
¿Y cómo quedamos?
當然想啊！什麼時候啊？
那我們怎麼約呢？

La exposición empieza el viernes. ¿Te va bien el sábado, después de la clase de fotografía?
展覽是星期五開始。禮拜六上完攝影課去看，妳方便嗎？

Lo siento, el sábado por la tarde tengo una cita con Camilo.
不好意思，禮拜六下午我跟卡米羅有約了。

¡Qué pena!
好可惜喔！

¿O mejor quedamos el sábado por la noche? Podemos cenar juntas.
還是我們約禮拜六晚上呢？我們可以一起吃晚餐。

¡Buena idea! Entonces quedamos a las ocho y media, delante de la boca del metro de Palos de la Frontera. ¡Hasta el sábado!
好主意！那麼我們就約八點半，在巴洛斯捷運站口囉。星期六見！

 單字

apetecer	(v.)	使…有慾望、想要	jardín	(m.)	花園
cita	(f.)	約會	mensaje	(m.)	簡訊、留言
compañero	(m.)	同學	ocupado	(adj.)	忙碌的
dejar	(v.)	留下、讓	parte	(f.)	部分
exposición	(f.)	展覽	ponerse	(v.)	接(電話)
fotografía	(f.)	攝影、照片	pena	(f.)	遺憾、可惜
fotográfico	(adj.)	攝影的	quedar	(v.)	約定

讓學生不想下課的西文課

044

認識電話用語中常見的單字

celular	(m.)	手機	llamada	(f.)	一次電話
colgar	(v.)	掛上電話	llamar	(v.)	打電話
comunicar	(v.)	交談	momento	(m.)	片刻
contestador	(m.)	答錄機	óir	(v.)	聽
despacio	(adv.)	慢	operativo	(adj.)	運作中
disponible	(adj.)	可用的	recado	(m.)	口訊
equivocarse	(v.)	搞混、弄錯	retirarse	(v.)	掛上電話
extensión	(f.)	分機、擴展	señal	(f.)	訊號
línea	(f.)	線路	tomar nota		作筆記

語法解析

1 電話用語

1 接起電話時：「喂？」

¿Sí?
¿Hola?
¿Diga?
¿Dígame?
¿Aló? （中南美洲使用）

2 詢問「某人在嗎？」

句型 ❶ ¿Está _____, por favor?　意思是「請問……在嗎?」

　　例　¿Está Antonia, por favor?　請問安東尼亞在嗎？

句型 ❷ ¿Puedo hablar con _____, por favor?　意思是「我可以跟某人說話嗎？」，但口語的翻譯可直接說「請問……在嗎?」

　　例　¿Puedo hablar con Laura, por favor?　請問勞拉在嗎？

句型 ❸ ¿Me pone con _____, por favor?　意思是「你是否可以幫我轉接給某人?」，但口語的翻譯可直接說「請問……在嗎?」

　　例　¿Me pone con el director, por favor?　請問可以幫我轉接給主任嗎？

提醒　poner的主詞是usted，意思是「幫我轉接給某人」。

3 詢問對方是誰與對應的答句

句型 ❶ A：¿De parte de quién?　意思是「誰打來的?」，但口語的翻譯可直接說「哪裡找?」

　　　B：De _____.　意思是「我是……」

　　例　A：¿De parte de quién?　　哪裡找？

　　　　B：De Mónica.　　我是莫妮卡。

句型 ❷ A：¿Con quién hablo?　意思是「我在跟誰講電話？」，但口語的翻譯可直接說「哪裡找?」

　　　B：Con _____.　意思是「我是……」。

　　例　A：¿Con quién hablo?　　哪裡找？

　　　　B：Con Isabel.　　我是依莎貝爾。

句型 ❸ A：¿Quién es?　　意思是「您是哪位？」。

　　　　　B：Soy _____.　　意思是「我是……」。

　　　　　　　例　A：¿Quién es?　您哪位？

　　　　　　　　　　B：Soy el profesor de Manolo.　我是馬諾洛的老師。

4　其他常見的對話

　例　Se ha equivocado.　您打錯了。

　例　Ahora no puede ponerse.　他現在沒辦法接電話。

　例　No se retire, por favor.　請您別掛斷。

　例　No está disponible en este momento.　他現在無法接聽。

　例　¿Puede hablar más despacio, por favor. Le oigo mal.

　　　您可以講慢一點嗎？我聽不太清楚。

　例　¿Quiere dejar un mensaje (recado)?　您要留言（留口信）嗎？

　例　En este momento está hablando por la otra línea.　他正在通話中。

　例　Está comunicando.　通話中。

　例　Vuelvo a llamar.　我會再打來。

提醒　volver + a + 原形動詞為動詞短語，表示「再次……」。volver 常見的
語意是「回來」，現在式屬於 o 改 ue 的不規則動詞。

■ **volver** 的現在式不規則變化

人稱		**volver**
單數	yo（我）	vuelvo
	tú（你 / 妳）	vuelves
	él（他）、ella（她）、usted（您）	vuelve
複數	nosotros/nosotras（我們）	volvemos
	vosotros/vosotras（你 / 妳們）	volvéis
	ellos（他們）/ellas（她們）/ustedes（您們）	vuelven

2 pasar 的用法

1 pasar 當一般性動詞時，意思是「通過、經過、度過」。

例 Vivo con unos amigos mexicanos y lo paso muy bien aquí.

我跟幾個墨西哥朋友住在一起，在這裡我過得很好。

2 pasar 還有另一個意思是「發生」，其用法同 gustar。

例 ¿Qué pasa? 怎麼啦？

例 ¿Qué te pasa? 你怎麼了？

例 ¿A usted qué le pasa? 您怎麼了？

3 apetecer 的用法

apetecer是「使……有慾望」或「使……想要」的意思，其用法同gustar。

例 ¿Te apetece un helado?　你要冰淇淋嗎？

例 ¿A usted le apetecen estos folletos?　您要這些手冊嗎？

例 No me apetece ir a la ópera.　我不想去聽歌劇。

4 邀約

1 ¿Y si vamos a + 原形動詞？以假設口吻提出建議

例 ¿Y si vamos a nadar?　如果我們去游泳呢？

2 （建議）....., ¿qué te parece? 提出建議，再問對方覺得如何。

例 Comemos en ese restaurante italiano, ¿qué te parece?

我們在那家義大利餐廳用餐，你覺得如何呢？

3 詢問對方想做的事

句型 ❶ ¿Quieres + 原形動詞？

例 ¿Quieres ir al campo?　你想去鄉下嗎？

句型 ❷ ¿Te apetece + 原形動詞？

例 ¿Te apetece pedir pizza?　你想點 pizza 嗎？

句型 ❸ ¿Tienes ganas de + 原形動詞?

例 ¿Tienes ganas de ir de compras?　你想去逛街嗎？

5 未來式

1 未來式的規則變化詞尾

未來式的規則變化是保留 **-ar** ／ **-er** ／ **-ir** 詞尾的原形動詞，在後頭加上 **-é** ／ **-ás** ／ **-á** ／ **emos** ／ **éis** ／ **án**。

例 **Mañana hablaré con el jefe.**　明天我將跟老闆談談。

■ 以hablar、comer、vivir來看未來式的規則變化

	人稱	**hablar**	**comer**	**vivir**
單數	**yo**（我）	hablaré	comeré	viviré
	tú（你／妳）	hablarás	comerás	vivirás
	él（他）、**ella**（她）、**usted**（您）	hablará	comerá	vivirá
複數	**nosotros/nosotras**（我們）	hablaremos	comeremos	viviremos
	vosotros/vosotras（你／妳們）	hablaréis	comeréis	viviréis
	ellos（他們）／**ellas**（她們）／**ustedes**（您們）	hablarán	comerán	vivirán

2 常見的未來式不規則變化動詞，基本上可歸納出以下三類：

❶ **poder**（能夠）、**saber**（知道）、**querer**（想要），其變化為去除倒數第二個字母的 **e**，直接加上未來式的規則詞尾。以 **yo** 人稱為例，即：**podré**、**sabré** 與 **querré**。

例 **Mañana sabremos la verdad.**　明天我們將會知道實情。

❷ **tener**（有）、**venir**（來）、**poner**（放）、**salir**（離開），其變化是將倒數第二個字母的 **e** 或 **i** 改為 **d**，再加上未來式的規則詞尾。以 **yo** 人稱為例，即：**tendré**、**vendré**、**pondré** 與 **saldré**。

例 **El próximo mes mi hermana mayor tendrá una hija.**

下個月我姐姐將生個女兒。

❸ **decir**（說）與 **hacer**（做），則是改以 **dir-** 與 **har-** 開頭，再加上未來式的規則詞尾。以 **yo** 人稱為例，即：**diré** 與 **haré**。

例 **Haré los ejercicios después.**　我待會兒會做那些練習。

A 根據指定人稱，寫出未來式變化

1 hablar（tú） ⟶ _____

2 ir（nosotros） ⟶ _____

3 vender（ellos） ⟶ _____

4 escribir（yo） ⟶ _____

5 tener（ustedes） ⟶ _____

6 decir（vosotros） ⟶ _____

7 venir（ella） ⟶ _____

8 hacer（usted） ⟶ _____

B 選出正確的動詞變化

_____ 1. Hola, Nuria. ¿Qué te Ⓐ pasas Ⓑ paso Ⓒ pasa?

_____ 2. La boda de Felipe y Nieves Ⓐ está Ⓑ son Ⓒ es en el hotel Formosa.

_____ 3. ¿Te Ⓐ apetece Ⓑ apeteces Ⓒ apetecen ir al cine?

_____ 4. No tenemos ganas de Ⓐ vamos Ⓑ ir Ⓒ van a la ópera.

_____ 5. A：Señor, ¿ Ⓐ quieren Ⓑ quieres Ⓒ quiere dejar un mensaje?

_____ B：No, gracias. Yo Ⓐ volvo Ⓑ volvemos Ⓒ vuelvo a llamar más tarde.

C 挑選框中單字或片語以完成電話邀約內容

> Ⓐ por　Ⓑ De parte de quién　Ⓒ te va bien　Ⓓ De
>
> Ⓔ Hasta el domingo　Ⓕ Ahora se pone

(Ring...Ring...)

José：¿Está Lola, por favor?

Mamá：Un momento, por favor.

　　　　... Lola, al teléfono. Es para ti.

Lola · Soy Lola. ¿ _____?

José：_____ José.

Lola：¡Hola, José! ¿Qué pasa?

José：Mira, tengo dos entradas del cine. Te llamo para invitarte a ver una película de Tom Cruise.

Lola：¡Qué bien! Me gustan las películas de Tom Cruise.

José：¿Qué te parece si vamos al cine este sábado _____ la tarde?

Lola：Pues, tengo una entrevista a las cinco.

José：Bueno...¿ _____ el domingo por la mañana?

Lola：¿ A qué hora?

José：A las diez y cuarto.

Lola · Vale. _____.

　　還記得有一回自助旅行時，在巴塞隆納弄丟了手機，隔天一早發現時利用飯店電話趕緊打手機試試有沒有人接聽，但剛開始緊張怎樣都撥不通，原來是自己一慌張忘了要加國際碼、國碼等。電話通訊，真的幾乎是現代人生活的重要一環。那麼，如何從西班牙打電話到台灣呢？先打國際碼 **00**，再加上台灣的國碼 **886**，接著加上你要打的電話號碼，但要注意的是：不管是手機或者是家用電話，都要去掉第一個 0。例如：要打給台灣的手機號碼 **0933123123**，那麼要撥：「**00886 933123123**」。若是要打家用電話，則要打區域碼，例如打到台中的 **04-26328001**，得撥：「**00886 426328001**」。要從台灣打到西班牙，則以 **00234** 加上電話號碼。例如：打到西班牙電話：**912123123**，那就撥：「**00234912123123**」。但是如果是在西班牙的人仍使用台灣手機門號，並有國際漫遊服務，那就直接撥打原來手機號碼即可。

¿Lo sabes?

En un restaurante

在餐廳

男侍者
Lino
立諾

男客人
Hugo
烏戈

女客人
Alicia
艾莉西亞

Muy bien.
Síganme, por favor.
好的，請跟我來。

Buenas noches, queríamos
una mesa para dos.
晚安，我們要一個兩人座。

¿Cuánto cuesta el menú del
día y qué incluye?
今日特餐多少錢？包含什麼呢？

¿Les traigo la carta o quieren
el menú del día?
需要看菜單還是要點今日特餐呢？

11 euros. El menú incluye
un primer plato, un
segundo y un postre a
elegir. Además, hay pan
y una bebida.
一份套餐是 11 歐元。裡頭有
前菜、主菜、還有甜點可供
選擇。另外還附上麵包跟一
份飲料。

Me parece bien.
我覺得不錯。

Vale. Entonces
queremos dos
menús del día.
好的，那麼我們要兩
份特餐。

Quiero una sopa de verduras,
¿y tú, Alicia?
我要蔬菜湯。艾莉絲，妳呢？

¿Qué quieren de
primero?
您們要吃什麼前菜呢？

Para mí, una ensalada
mixta.
給我一份綜合沙拉。

Un filete de ternera con patatas, por favor.
麻煩您，我要牛排佐馬鈴薯。

¿Y de segundo?
那主菜呢？

Yo quiero bacalao al horno con tomate.
我要烤鱈佐蕃茄。

¿Y de postre?
那甜點呢？

Fruta del tiempo.
我要時令水果。

Hoy tenemos sandías y plátanos.
今天是西瓜跟香蕉。

De acuerdo, me gustan.
好的，西瓜跟香蕉我都喜歡。

Para mí, un helado de fresa.
那我要草莓冰淇淋。

¿Agua con gas o sin gas?
要氣泡礦泉水還是一般的？

¿Y de bebida?
飲料呢？

Tráiganos una botella de agua mineral y una cerveza.
請給我們一瓶礦泉水跟一杯啤酒。

Sin gas, gracias.
沒有氣泡的，謝謝。

agua	(f.)	水	mixta	(adj.)	綜合的
bacalao	(m.)	鱈魚	pan	(m.)	麵包
bebida	(f.)	飲料	plato	(m.)	盤子、菜餚
botella	(f.)	瓶子	postre	(m.)	甜點
cerveza	(f.)	啤酒	patata	(f.)	馬鈴薯
elegir	(v.)	選擇	restaurante	(m.)	餐廳
ensalada	(f.)	沙拉	sin	(prep.)	沒有
filete	(m.)	里脊肉、肉片	sopa	(f.)	湯
gas	(m.)	瓦斯	ternera	(f.)	小牛、牛肉
helado	(m.)	冰淇淋	tiempo	(m.)	時間
horno	(m.)	烤箱	traer	(v.)	帶來
incluir	(v.)	包含	verduras	(f.)	蔬菜
menú	(m.)	菜單、套餐	para llevar		外帶
mineral	(adj.)	礦物的			

讓學生不想下課的西文課

047

認 識 餐 廳 裡 常 用 單 字

arroz	(m.)	米飯	marisco	(m.)	海鮮
azúcar	(m.)	糖	paella	(f.)	海鮮燉飯
bocadillo	(m.)	潛艇堡三明治	pato	(m.)	鴨
calamar	(m.)	魷魚	pavo	(m.)	火雞
carne	(f.)	肉	pescado	(m.)	魚肉
cerdo	(m.)	豬	pimienta	(f.)	胡椒
comida	(f.)	食物、餐	queso	(m.)	乳酪
conejo	(m.)	兔子	refresco	(m.)	冷飲
crema	(f.)	奶油	rico	(adj.)	很好吃的
cubiertos	(m.)	餐具	sal	(f.)	鹽
cuchara	(f.)	湯匙	tapas	(f.)	小菜
cuchillo	(m.)	刀子	tenedor	(m.)	叉子
cuenta	(f.)	帳單	tortilla	(f.)	蛋餅
chile	(m.)	辣椒	vegetariano	(adj.)	素食的
delicioso	(adj.)	好吃的	vinagre	(m.)	醋
factura	(f.)	發票	vino	(m.)	葡萄酒
flan	(m.)	布丁	zumo	(m.)	果汁
hielo	(m.)	冰塊	IVA. (impuesto de valor añadido)		
huevo	(m.)	蛋			增值稅

151

1 traer 與 llevar

1 traer 的意思是「帶來」

❶ traer 的現在式屬於不規則變化，要特別注意第一人稱單數變化。

■ traer 的現在式不規則變化

	人稱	traer
單數	yo（我）	traigo
	tú（你/妳）	traes
	él（他）、ella（她）、usted（您）	trae
複數	nosotros/nosotras（我們）	traemos
	vosotros/vosotras（你/妳們）	traéis
	ellos（他們）/ellas（她們）/ustedes（您們）	traen

例　¿Me trae un poco más de pan?　可以請您再幫我多拿些麵包來嗎？

例　Traigo una botella de leche.　我帶了一瓶牛奶來。

❷ 西文中的命令式跟現在式一樣，要隨著人稱做變化；但因為祈使句的口吻，所以沒有 yo 這個人稱的命令式變化。初學者可先學習 tú 跟 usted 兩個人稱的命令式用法。

■ traer 在肯定句的命令式變化，以 tú 和 usted 人稱為例：

人稱	traer
tú（你/妳）	trae
usted（您）	traiga

例　A：¿Les traigo la carta? ¿O quieren los menús del día?

　　　要我拿菜單給您們嗎？還是要今日特餐呢？

　　B：Tráiganos la carta, por favor.　請幫我們拿菜單來，謝謝。

例　Cariño, tráeme la agenda, gracias.　親愛的，幫我拿記事本來，謝謝。

2 llevar 除了可以表示「帶走」的意思外，在詢問菜色內容時也用得到。

用在詢問菜色內容時，意思是「有什麼食材呀？」

例 **Quiero un bocadillo de jamón para llevar.**　　我要外帶一個火腿三明治。

例 A：**Le recomiendo este plato: Locro.**　　我建議您這道菜：洛可羅。

　　B：**¿Qué lleva?**　　裡頭有些什麼啊？

　　A：**Lleva zapallo, leche, queso, maíz y papas, acompañado con un huevo.**

　　　這道菜裡面有南瓜、牛奶、乳酪、玉米、還有馬鈴薯，另外還加了顆蛋。

2 依序點餐

點餐時，主要分為前菜、主餐、甜點和飲品四種。中間的連接，要用介系詞「**de**」來搭配。依序為：de primero, de segundo, de postre y de bebida. 其中「**de bebida**」也可說「**para beber**」。

例 **De primero, quiero revuelto de gambas. De segundo, pollo relleno de espárragos. De postre, tarta de manzana. Y para beber, vino de la casa.**

前菜我要明蝦炒蛋、主菜要蘆筍雞肉捲、甜點要蘋果蛋糕。飲料部分，我要招牌葡萄酒。

3 不規則變化動詞 *incluir*

incluir 意思是「包含」，要注意加了 y 的現在式不規則變化。

■ incluir 的現在式不規則變化

人稱		incluir
單數	yo（我）	incluyo
	tú（你/妳）	incluyes
	él（他）、ella（她）、usted（您）	incluye
複數	nosotros/nosotras（我們）	incluimos
	vosotros/vosotras（你/妳們）	incluís
	ellos（他們）/ellas（她們）/ustedes（您們）	incluyen

例 **¿Qué incluye un desayuno continental?**　　美式早餐包含什麼呢？

A 觀察菜單，挑選框框中的單字或片語填入空格中

CASA ROSA
MENÚ DEL DÍA

PRIMERO   Crema de verduras

            Judías blancas

            Espárragos

            Ensalada

SEGUNDO   Calamares rellenos

            Pollo en salsa

            Merluza a la romana

            Ternera a la plancha

POSTRE   Flan

            Helado

            Natillas

            Tarta de chocolate

11 euros IVA INCLUIDO

Ⓐ beber	Ⓑ de primero	Ⓒ de postre	Ⓓ cuenta
Ⓔ incluido	Ⓕ un poco		

1. A：Buenas noches, ¿qué quieren tomar?

    B：Yo, _____, espárragos. Y de segundo, pollo en salsa.

    A：Para mí, ensalada, y de segundo...ternera a la plancha, muy hecha.

    B：¿Y para _____?

    A：Vino.

    B：Yo, agua mineral con gas.

2. A：¿Nos trae _____ más de pan, por favor?

    B：Vale, un momento.

3. A：¿Qué van a tomar _____?

    B：Yo, helado.

    A：Para mí, tarta de chocolate.

4. A：La _____, por favor.

    B：Veintiocho euros.

    A：¿Está _____ el IVA?

    B：Sí.

　　西班牙高鐵，簡稱 AVE；指的是「Alta Velocidad Española」。這縮寫碰巧是西文中的「鳥」之意。西班牙高鐵早在 1988 年興建，1992 年開始正式營運。不管是跟團還是自助旅行，在選擇長程的交通工具時，想要感受一日生活圈、擁有像是從馬德里到安達魯西亞自治區的塞維亞 (Sevilla) 471 公里路線卻只要兩個小時又二十分鐘的體驗，那就非 AVE 莫屬。至於同樣講西班牙文的拉丁美洲，交通密度並不那麼高，對 AVE 也不那麼熟悉；對他們而言，高鐵的說法是 Tren bala（子彈列車）。

Tema  **14**

En un hotel

在飯店

櫃檯接待員
Bella
貝雅

住房旅客
Nicolás
尼可拉斯

讓學生不想下課的西文課

Buenas tardes, tengo reserva de una habitación individual.
午安，我預訂了一間單人房。

¿A nombre de quién?
請問預訂的名字是？

¡Ah, sí! Ha reservado una habitación individual para dos noches.
是的！您訂了兩個晚上的單人房一間。

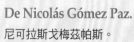

De Nicolás Gómez Paz.
尼可拉斯戈梅茲帕斯。

La reserva es para dos noches pero me gustaría quedarme una noche más.
原本是預約兩個晚上沒錯，但現在我想多留一天。

Es decir, tres noches. De acuerdo, ¿me da su pasaporte?
也就是說，三個晚上囉！好的，麻煩給我您的護照。

Gracias. Mire, aquí tiene su llave, habitación 613.
謝謝。這是您的鑰匙，613 號房。

¡Claro! Aquí lo tiene.
沒問題，護照在這兒。

048

在飯店 *En un hotel*

¿La habitación da al mar?
房間是面海的嗎？

Sí, correcto. Tiene una buena vista del mar.
是的。這房間可以看到很棒的海景。

Y recuerdo que el desayuno está incluido, ¿verdad?
我記得價格是含早餐的，對吧？

Exactamente. El horario del desayuno es de 7 a 10. Se sirve en la primera planta. ¿Tiene equipaje?
沒錯。早餐時間是從七點鐘到十點鐘。在一樓用餐。請問您有行李嗎？

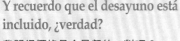

Vale, se la subimos enseguida.
好的，我們馬上幫您送上樓。

Sí, una maleta, esa marrón.
有一個行李箱，就那個棕色的。

¿Diga? Buenas tardes.
喂，午安。

Perdone, no encuentro el mando a distancia para tele y no funciona la calefacción.
不好意思，我找不到電視的遙控器而且暖氣沒辦法開。

Lo siento mucho. Espere un momento. Ahora mismo subimos a revisarlo.
很抱歉，請稍等。我們立刻上去幫您檢查。

 單字

calefacción	(f.)	暖氣	maleta	(f.)	行李箱
encontrar	(v.)	找到	mar	(m.)	海
enseguida	(adv.)	立刻	pasaporte	(m.)	護照
equipaje	(m.)	行李	quedarse	(v.)	停留、待
esperar	(v.)	等待	recordar	(v.)	記得、提醒
exactamente	(adv.)	正確地	reserva	(f.)	預約
funcionar	(v.)	運作、起…作用	revisar	(v.)	檢查
horario	(m.)	時刻表、時間	servir	(v.)	供餐、服務、提供
incluido	(adj.)	包含在內的	tele＝televisión	(f.)	電視
individual	(adj.)	單人的、個人的	es decir		也就是說
llave	(f.)	鑰匙	mando a distancia		遙控器

050

認識飯店住宿相關單字

acondicionador	(m.)	潤絲精	lámpara	(f.)	檯燈
aire acondicionado	(m.)	冷氣	lavabo	(m.)	洗手間
afeitador	(m.)	刮鬍刀	mini-bar	(m.)	迷你吧
agua caliente	(f.)	熱水	nevera	(f.)	冰箱
agua fría	(f.)	冷水	pasta de dientes	(f.)	牙膏
almohada	(f.)	枕頭	peine	(m.)	梳子
armario	(m.)	衣櫥	piscina	(f.)	游泳池
ascensor	(m.)	電梯	propina	(f.)	小費
bañera	(f.)	浴缸	recepción	(f.)	接待櫃台
caja fuerte	(f.)	保險箱	recepcionista	(m.)(f.)	接待員
cama	(f.)	床	sábana	(f.)	被單
cenicero	(m.)	菸灰缸	secador	(m.)	吹風機
cepillo de dientes	(m.)	牙刷	toalla	(f.)	毛巾
champú	(m.)	洗髮精	vestíbulo	(m.)	大廳
ducha	(f.)	蓮蓬頭	zapatillas	(f.)	拖鞋
escalera	(f.)	樓梯	registrarse en el hotel		入宿飯店
gel de ducha	(m.)	沐浴乳	dejar libre la habitación		退房
gimnasio	(m.)	健身房			

在飯店 ─ *En un hotel*

1 入宿前用語

1 面對面詢問櫃台人員「您們有……嗎？」

使用第三人稱複數變化的動詞來提問。

例 **¿Tienen habitaciones disponibles?**　請問有空房嗎？

例 A：**¿Quedan habitaciones dobles?**　還有雙人房嗎？

　　B：**Lo siento, sólo nos queda una habitación individual.**

　　　很抱歉，我們只剩一間單人房。　── quedar (v.) 在此皆為「剩下」之意。

2 已預約的狀況

可用名詞 **reserva** 或動詞 **reservar** 來表示「已預約」。

例 **Tengo una reserva.**　我有預約。

例 **He reservado una habitación doble.**　我預約了一間雙人房。

提醒　用現在完成式「**haber ＋ 過去分詞**」來表達「已經預約了」。

■ 現在完成式的基本結構：

	人稱	haber	過去分詞
單數	yo（我）	he	-ado / -ido（規則變化的過去分詞）
	tú（你／妳）	has	
	él（他）、ella（她）、usted（您）	ha	
複數	nosotros / nosotras（我們）	hemos	
	vosotros / vosotras（你／妳們）	habéis	
	ellos（他們）/ ellas（她們）/ ustedes（您們）	han	

2 check in 與 check out

　　使用 **check in** 與 **check out** 這兩個英文來表達「入住」與「退房」，可說是非常普及了。而若要以西文敘述使用的則是 **registrarse en el hotel**（登記入住飯店）與 **dejar libre la habitación**（清空房間）。更口語的說法可直接用 **entrar**（進入）與 **salir**（離開）這兩個動詞來表示。

例 **¿Hasta qué hora me puedo registrar en el hotel?**　我幾點可以入住？

例 **Ustedes deben dejar libre la habitación antes de las 12.**

　　您們必須在十二點前辦理退房。

③ 用 *dar* 來表達方位

dar 這個動詞原本的意思是「給」，但如果用「**dar + a +** 名詞」則是「面向什麼地方」的意思。

例 **Mi casa da al norte.**　我家是朝北的座向。

例 **Las habitaciones dan al jardín.**　房間都是面向花園的。

■ **dar** 的現在式不規則變化

	人稱	dar
單數	yo（我）	doy
	tú（你 / 妳）	das
	él（他）、ella（她）、usted（您）	da
複數	nosotros / nosotras（我們）	damos
	vosotros / vosotras（你 / 妳們）	dais
	ellos（他們）/ ellas（她們）/ ustedes（您們）	dan

④ 詢問與表達相關服務

1 **hay** 的意思是「有……？」用來詢問是否有此設施

例 **¿Hay wifi en la habitación?**　房間內有無線上網嗎？

例 **No hay ninguna caja fuerte en la habitación.**　房間內沒有保險箱。

2 **¿Está incluido...?** 的意思是「……是否包含在內？」

例 **¿Está incluido el desayuno?**　早餐包含在內嗎？

⑤ 衛浴的差別

在西語系的國家，可以看到用 **el cuarto de baño, el baño, el lavabo, el aseo, los servicios...etc.** 來表示廁所、洗手間。若要說明浴室含廁所的類型，一般會使用 **el cuarto de baño**。在飯店或民宿中的說明則是寫成 **baño completo**。

例 A：**¿Tiene baño completo la habitación?**　房間是附有全套衛浴的嗎？

　　B：**No, solo con lavabo.**　這是雅房，只附有洗手台。

6 電器的使用問題

表達電器的啟動與關閉，不能使用 abrir（開）與 cerrar（關），而是要用 encender（點燃）跟 apagar（熄滅）這兩個動詞。

例 **No sé cómo enciendo la calefacción.** 我不知道如何開啟暖氣。

例 **¿Cómo se apaga el aire acondicionado?** 冷氣怎麼關掉？

■ **cerrar** 與 **encender** 為 e 改 ie 的不規則變化，其現在式變化如下：

	人稱	**cerrar**	**encender**
單數	yo（我）	cierro	enciendo
	tú（你／妳）	cierras	enciendes
	él（他）、ella（她）、usted（您）	cierra	enciende
複數	nosotros／nosotras（我們）	cerramos	encendemos
	vosotros／vosotras（你／妳們）	cerráis	encendéis
	ellos（他們）／ellas（她們）／ustedes（您們）	cierran	encienden

Nota

在飯店　*En un hotel*

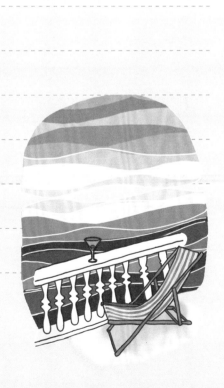

 練習

A 請寫出下列圖片中的物品名稱

①

_____

②

_____

③

_____

④

_____

⑤

_____

讓學生不想下課的西文課

B 選出最符合問句的回答

_____ 1. ¿La habitación da al mar? Ⓐ Sí, da al jardín. Ⓑ Sí, da al patio. Ⓒ Sí, tiene una buenísima vista.

_____ 2. ¿Hay wifi en la habitación? Ⓐ No, pero hay un cibercafé al lado del hotel. Ⓑ Sí, hay un televisor en la habitación. Ⓒ No, no tengo ordenadores.

_____ 3. ¿Me puede dejar su pasaporte? Ⓐ Sí, no llevo pasaporte. Ⓑ Sí, claro. Aquí lo tiene. Ⓒ Aquí tiene mi tarjeta de crédito.

_____ 4. ¿Cuál es el horario del desayuno? Ⓐ El desayuno es muy delicioso. Ⓑ Se sirve en la planta baja. Ⓒ Desde las siete y media hasta las diez.

_____ 5. ¿Hay otra habitación más grande? Ⓐ Es muy grande y bonita. Ⓑ No, no tenemos habitaciones pequeñas. Ⓒ No, solo nos queda ésta.

_____ 6. Señor, ¿tiene equipaje? Ⓐ Sí, esas dos maletas. Ⓑ No, tengo mucho equipaje. Ⓒ Sí, hay equipo de música en la habitación.

_____ 7. ¿Cuántas noches se va a quedar? Ⓐ Buenas noches. Ⓑ Cuatro noches. Ⓒ Mañana por la noche.

_____ 8. ¿Dónde está el gimnasio? Ⓐ El hotel no está aquí. Ⓑ Está en la planta baja. Ⓒ No estoy en el gimnasio.

_____ 9. ¿A qué hora tenemos que dejar la habitación? Ⓐ A las 12. Ⓑ Al norte. Ⓒ A mi casa.

_____ 10. ¿Está incluido el IVA? Ⓐ Sí, no está incluido. Ⓑ No, el IVA no está en nuestro hotel. Ⓒ Sí, claro. El IVA está incluido.

西班牙觀光產業發達，住宿的選擇多。除了飯店、旅館、青年活動中心以外，民宿或者短期出租的公寓、鄉村獨棟房也不少，另外還有一種名為 parador（國營旅館）的獨特選擇。從 1928 年位於中部阿維拉省（Ávila）境內的 El Parador de Gredos 第一家國營旅館正式營運開始，目前約有 90 家具有不同特色的國營旅館分布在整個西班牙。這些由城堡、修道院或貴族豪宅所整修或改建而成的高級旅館，除了本身建築有吸引人居住的歷史特色外，大多數在旅館四周都享有如詩如畫的景致，同時內部也有現代化的設備與一流的服務。

¿Lo sabes?

168

¡Qué dolor!

好痛啊！

男醫生
Diego
迪耶戈

女病人
Sofía
蘇菲亞

女醫生
Juana
胡安娜

男病人
León
萊昂

讓學生不想下課的西文課

Buenas tardes, ¿qué le pasa?
午安，您怎麼了？

Doctor, me siento fatal. Creo que tengo un poco de fiebre.
醫生，我覺得很不舒服。我想我有點發燒吧。

¿Qué síntomas tiene?
您有什麼症狀呢？

Me duele mucho la garganta y tengo mucha tos. Sobre todo, por la noche duermo mal.
我喉嚨好痛，而且咳得嚴重。尤其是晚上我都睡不好。

Sí, tiene fiebre. Es gripe. Tiene que tomar pastillas. ¿Tiene alergia a alguna medicina?
是的，您發燒了。是流行性感冒。您必須要吃些藥。有對任何藥物過敏嗎？

Bueno, veamos.
好的，我們來看看。

Una pastilla, tres veces al día, después de las comidas.
吃三次，三餐飯後。

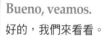

De acuerdo, ya lo sé.
好的，我知道了。

No. Pues, ¿cuántas pastillas debo tomar al día?
沒有。那一天要吃幾次藥呢？

情境二

052

好痛啊！ ¡Qué dolor!

¿Se encuentra mejor?

您好一點了嗎？

Sí, un poco. Pero sigo teniendo problemas con el brazo derecho.

是的，好些了。但是我右手臂還是有些狀況。

A ver... pues, tienes una inflamación muscular en el brazo.

我看看……嗯，是手臂肌腱發炎。

Por eso, me duele muchísimo al levantar objetos pesados, ¿verdad?

就是因為這樣，拿重物時我才會痛得不得了，對吧？

Eso es. La inflamación muscular suele estar relacionada con el deporte, o con los gestos inadecuados. De momento, tienes que dejar de jugar al baloncesto y usar menos el ordenador. ¿Vale?

是的。肌腱炎通常跟運動或者不當的姿勢有關。目前您必須要暫停打籃球，而且少用電腦，好嗎？

alergia	(f.)	過敏	muscular	(adj.)	肌肉的
baloncesto	(m.)	籃球	pastilla	(f.)	藥片
deporte	(m.)	運動	problema	(m.)	問題
encontrarse	(v.)	感覺、是……的狀態	relacionado	(adj.)	相關的
fatal	(adv.)	糟透地	sentirse	(v.)	感覺
fiebre	(f.)	發燒	síntoma	(m.)	症狀
doler	(v.)	痛	soler	(v.)	習慣於
garganta	(f.)	喉嚨	todavía	(adv.)	仍然、還
gesto	(m.)	姿勢、手勢	tos	(f.)	咳嗽
gripe	(f.)	流感	usar	(v.)	使用
inadecuado	(adj.)	不恰當的	vez	(f.)	次數
inflamación	(f.)	發炎	de momento		目前
jugar	(v.)	玩	por eso		所以
medicina	(f.)	藥物、醫學	sobre todo		尤其是

認識人體部位

barbilla	(f.)	下巴	mano	(f.)	手
boca	(f.)	嘴巴	muela	(f.)	牙齒
brazo	(m.)	手臂	muñeca	(f.)	手腕
cabeza	(f.)	頭	muslo	(m.)	大腿
ceja	(f.)	眉毛	nalgas	(f.)	臀
codo	(m.)	手肘	nariz	(f.)	鼻子
corazón	(m.)	心臟	ojo	(m.)	眼睛
cuello	(m.)	頸	oreja	(f.)	耳朵
dedo	(m.)	指頭	pecho	(m.)	胸
diente	(m.)	牙齒	pie	(m.)	腳
espalda	(f.)	背部	piel	(f.)	皮膚
estómago	(m.)	胃	pierna	(f.)	小腿
hombro	(m.)	肩膀	pulmón	(m.)	肺
intestino grueso	(m.)	大腸	riñón	(m.)	腎臟
intestino delgado	(m.)	小腸	rodilla	(f.)	膝蓋
labio	(m.)	嘴唇	tobillo	(m.)	腳踝

好痛啊！ ¡Qué dolor!

語法解析

1 「痛」的用法：*doler* 與 *dolor*

1 doler 為 o 改 ue 的現在式不規則變化動詞

用法同gustar，前面須加上間接受格代名詞，意思是「痛」。

$$\left(A + \begin{matrix} \text{mí} \\ \text{ti} \\ \text{él/ ella/ usted} \\ \text{nosotros(~as)} \\ \text{vosotros(~as)} \\ \text{ellos/ ellas/ ustedes} \end{matrix} \right) + \begin{matrix} \text{me} \\ \text{te} \\ \text{le} \\ \text{nos} \\ \text{os} \\ \text{les} \end{matrix} \quad \begin{matrix} + \text{ duele} + \text{單數名詞} \\ \\ + \text{ duelen} + \text{複數名詞} \end{matrix}$$

例 **Me duele mucho la cabeza.** 　我頭好痛。

例 **A mi madre le duelen los dientes.** 　我媽媽牙齒痛。

2 dolor 為陽性名詞，用「**dolor + de + 部位**」來表示「……痛」

例 **Tengo un dolor de estómago.** 　我胃痛。

例 **Ana tiene un dolor horrible de espalda.** 　安娜背部劇烈疼痛。

2 用 *tener* + 名詞來表達個人感官

用來表達症狀時，須注意名詞的陰陽性。若要強調程度，則可用形容詞來修飾名詞。

$$\text{tener} + \begin{cases} \text{frío （m.）冷} \\ \text{calor （m.）熱} \\ \text{tos （f.）咳嗽} \\ \text{fiebre （f.）發燒} \\ \text{hambre （f.）餓} \\ \text{sed （f.）渴} \end{cases}$$

例 **¿No tienes calor?** 　你不覺得熱嗎？

　　Tengo mucho frío. 　我覺得好冷。

例 **El niño tiene mucha hambre.** 　那孩子好餓。

例 **El director tiene fiebre alta y no viene a la oficina.**

　　主任發高燒，沒有來上班。

3 詢問 & 回答身體狀況

使用 estar、encontrarse、sentirse 這三個動詞來表示狀態，有「覺得如何」之意。其中，encontrarse 和 sentirse 為反身動詞的用法，現在式的變化分別是 o 改 ue，以及 e 改 ie 的不規則變化。

例 A：¿Cómo te encuentras?　　你現在覺得怎樣？

B: No me siento bien. Estoy sin apetito.　我覺得不太舒服，都沒有胃口。

人稱		encontrarse	sentirse
單數	yo（我）	me encuentro	me siento
	tú（你 / 妳）	te encuentras	te sientes
	él（他）、ella（她）、usted（您）	se encuentra	se siente
複數	nosotros / nosotras（我們）	nos encontramos	nos sentimos
	vosotros / vosotras（你 / 妳們）	os encontráis	os sentís
	ellos（他們）/ ellas（她們）/ ustedes（您們）	se encuentran	se sienten

4 seguir + 現在分詞：表持續進行的動作

例 ¿Sigues viviendo con tus padres?　　你還是跟你爸媽一起住嗎？

例 Sigo haciendo ejercicio físico. Voy al gimnasio tres veces a la semana.

我還是持續做運動。我一週去三次健身房。

提醒　關於現在分詞的規則變化可分為以下 2 種：

-ar　　　結尾的動詞 ➡ -ando
-er / -ir　結尾的動詞 ➡ -iendo

例 tomar → tomando

hacer → haciendo

escribir → escribiendo

■ 常見的不規則現在分詞：

原形動詞	ir（去）	leer（閱讀）	dormir（睡覺）	decir（說、告訴）	pedir（要求）
現在分詞	yendo	leyendo	durmiendo	diciendo	pidiendo

5 *tener que* ＋原形動詞 與 *hay que* ＋原形動詞

tener que 與 hay que 的意思都是「必須」；但主要差異在於前者為「有人稱」的必須，後者為「無人稱」的必須。

1 有人稱的「必須」：tener que

強調誰必須做什麼事時，就將 tener 隨那個人稱做正確的動詞變化。

例 **Llegan los exámenes finales, tenéis que estudiar mucho.**

期末考到了，你們要用功讀書。

例 **Es tarde, tengo que irme.** 時間晚了，我該走了。

2 無人稱的「必須」：hay que

不特定誰必須做什麼事，而是泛指所有人都該這麼做。

例 **Hay que lavarse las manos antes de comer.** 飯前要洗手。

例 **Hay que hablar en español en clase.** 課堂上要說西文。

6 *soler* ＋原形動詞

意思是「習慣於……」，soler的現在式變化屬於 o 改 ue 的不規則類型。

例 **Suelo estudiar por las mañanas.** 我習慣早上讀書。

例 **¿Qué soléis beber durante el embarazo?** 妳們在懷孕期間習慣喝些什麼飲料？

■ **soler** 的現在式不規則變化

<table>
<tr><th colspan="2">人稱</th><th>soler</th></tr>
<tr><td rowspan="3">單數</td><td>yo（我）</td><td>suelo</td></tr>
<tr><td>tú（你 / 妳）</td><td>sueles</td></tr>
<tr><td>él（他）、ella（她）、usted（您）</td><td>suele</td></tr>
<tr><td rowspan="3">複數</td><td>nosotros/nosotras（我們）</td><td>solemos</td></tr>
<tr><td>vosotros/vosotras（你 / 妳們）</td><td>soléis</td></tr>
<tr><td>ellos（他們）/ellas（她們）/ustedes（您們）</td><td>suelen</td></tr>
</table>

7 *dejar* + *de* + 原形動詞

意思是「放棄……/戒除……」。

 Usted tiene mucha tos. Debe dejar de fumar.

您咳得很嚴重。您必須要戒菸了。

 Peso tres kilos más. Voy a dejar de tomar postres.

我胖了三公斤，我不要吃甜點了。

好痛啊！ ¡Qué dolor!

練習

A 寫出 1～5 號的人體部位名稱

① → _____

② → _____

③ → _____

④ → _____

⑤ → _____

B 選擇正確的動詞變化

_____1. Tienes que Ⓐ deja Ⓑ dejo Ⓒ dejar de fumar.

_____2. ¿Cómo Ⓐ se encontra Ⓑ se encuentra Ⓒ se encuentran usted?

_____3. A mi hija le Ⓐ duelen Ⓑ duele Ⓒ dolemos los ojos.

_____4. ¿Sueles Ⓐ tomas Ⓑ toma Ⓒ tomar 2 litros de agua al día?

_____5. Seguimos Ⓐ trabajado Ⓑ trabajando Ⓒ trabajamos en ese hospital.

_____6. ¿Qué os Ⓐ pasa Ⓑ pasáis Ⓒ pasan? ¿Por qué estáis llorando?

C 選擇最恰當的問答

Ⓐ Me duele el estómago.

Ⓑ Dos pastillas, dos veces.

Ⓒ Sí, los lunes y miércoles.

Ⓓ Sí, me duele mucho.

Ⓔ Sí, mucho mejor. Ya no tengo fiebre.

_____1.　¿Te encuentras mejor ?

_____2.　¿Te duele la espalda?

_____3.　¿Sigues yendo al gimnasio?

_____4.　¿Qué te pasa? Tienes mala cara.

_____5.　¿Cuántas pastillas debo tomar al día?

好痛啊！ ¡Qué dolor!

　　如果有機會到異國生活，除了造訪觀光景點外，從市場購物體驗在地生活也是一個不錯的方式。像是巴塞隆納的 **Mercado de la Boqueria**（波格利亞市場），不僅是當地人日常生活的一部分，也因為離蘭布拉斯大道不遠，觀光客還真不少。還記得第一次來到這裡，第一眼就會被五顏六色、琳瑯滿目卻又擺放整齊的商品，像是水果、軟糖等給吸引。不過，看著看著，可別輕易在頭幾家攤位就下手，因為通常前面幾家都比較貴。就像有一次我在巴塞隆納，看到一張非常漂亮的明信片，忍不住就抽起明信片付了 1 歐元給老闆，沒想到才走出門口，就看到隔壁店家陳列著一模一樣的明信片，而且一張只要 0.5 歐元……後來我還看到 4 張 1 歐元的呢！

¿Lo sabes?

¡Feliz Cumpleaños!

生日快樂

同學一
Rita
莉塔

同學二
Luz
露絲

莉塔的男友
Pío
畢歐

¡Por fin! Han acabado todas las clases.
終於！課都結束了。

¿Por qué tienes tanta prisa?
¿Tienes algún plan para esta noche?
為什麼妳這麼急著要走啊？妳今天晚上計劃要做什麼嗎？

Sí, voy a hacer una tarta de chocolate para mi novio. Hoy es su cumpleaños.
是啊，我要做個巧克力蛋糕給我男朋友。今天是他的生日。

¿Has hecho una tarta alguna vez?
妳做過蛋糕嗎？

No, nunca. Pero mi hermana mayor me ayudará. Es una estudiante de la escuela de restauración y hostelería.
沒有耶，從來沒做過。但是我姐姐會幫我。她是餐旅學校的學生。

讓學生不想下課的西文課

182

¿Has preparado todo lo necesario?
妳準備好所有需要的東西了嗎？

Creo que sí. Esta mañana he chequeado de nuevo los ingredientes y utensilios.
我想是吧！今天早上我再一次確認過所有的原料跟工具了。

¿Necesitas una ayudanta? Me interesa mucho hacer pasteles.
妳需要助理嗎？我對製作糕點一向都很感興趣。

¿En serio? Entonces, ¡vamos!
真的嗎？那麼，我們走吧！

（**Por la noche...**）

Cariño, ¡feliz cumpleaños! He hecho una tarta para ti.
親愛的，生日快樂！我做了個蛋糕給你。

¡Qué sorpresa! En mi vida no he visto una tarta tan genial. Muchas gracias, mi amor.
這真是個驚喜呢！我這輩子還沒看過這麼棒的蛋糕。謝謝妳，親愛的。

acabar	(v.)	結束	plan	(m.)	計劃
amor	(m.)	愛	preparar	(v.)	準備
ayudanta	(f.)	(女)助理	prisa	(f.)	匆忙
cariño	(m.)	親密、親愛的人	restauración	(f.)	餐飲業
cumpleaños	(m.)	生日	sorpresa	(f.)	驚喜
chequear	(v.)	檢查、確認	tan	(adv.)	如此地
chocolate	(m.)	巧克力	tanto	(adj.) (adv.)	如此的、如此
genial	(adj.)	極棒的、天才的	tarta	(f.)	蛋糕
hostelería	(f.)	飯店業	utensilio	(m.)	用具
ingrediente	(m.)	成份、配料	ver	(v.)	看
interesar	(v.)	使…感興趣	vez	(f.)	次數
necesario	(adj.)	需要的	de nuevo		重新、再一次
nunca	(adv.)	從不	por fin		終於
pastel	(m.)	糕點			

057

認識常見的祝賀語

¡Buen viaje!	旅途愉快！
¡Buena suerte!	祝好運！
¡Enhorabuena!	恭喜！
¡Felices fiestas!	佳節快樂！
¡Felices vacaciones!	假期愉快！
¡Felicidades!	恭喜！
¡Feliz Año Nuevo!	新年快樂！
¡Feliz Año Nuevo Chino!	中國（農曆）年快樂！
¡Feliz Día del Padre!	父親節快樂！
¡Feliz Día de la Madre!	母親節快樂！
¡Feliz Día de San Valentín!	情人節快樂！
¡Feliz Graduación!	畢業快樂！
¡Feliz Navidad!	耶誕快樂！

生日快樂 ¡Feliz Cumpleaños!

1 現在完成式的結構

1 用「haber + 過去分詞」來表達現在完成式

在 Tema 14，我們已學過用「haber + 過去分詞」的基本結構，本單元將深入之。

2 規則變化的過去分詞，其變化方式有兩種：

①將詞尾 -ar 改為 -ado

②將詞尾 -er / -ir 改為 -ido

例 Hemos hablado con el director.　　我們已經跟主任談過了。
　　　　hablar (v.) 說

例 ¿Has comido ya?　　你吃過了嗎？
　　　　comer (v.) 吃

例 Han venido los padres de Melisa.　　媚里莎的爸媽已經來了。
　　　　venir (v.) 來

■ 常見的不規則現在分詞：

原形動詞	decir （說、告訴）	hacer （做）	abrir （開）	volver （回來）	ver （看）
現在分詞	dicho	hecho	abierto	vuelto	visto
原形動詞	poner （放）	escribir （寫）	romper （打破）	morir （死亡）	descubrir （發現）
現在分詞	puesto	escrito	roto	muerto	descubierto

2 現在完成式的使用

1 用來談論不久前所完成的動作，強調離現在很近的過去。

例 ¿Has visitado al profesor de francés?　　你去拜訪過法文老師了嗎？

2 動作發生的時間點還屬於說話此刻的時間範疇內

常見的片語或時間副詞：este año（今年）、este siglo（這個世紀）、esta semana（這個禮拜）、hoy（今天）……等。

例 Esta semana he visto tres películas.　　這個禮拜我已經看三部電影了。

3 談論過去的經驗，但未交代確切的時間點。

常見的片語或時間副詞：alguna vez（曾經）、 nunca（從不）、hasta ahora（直到現在）、en mi vida（我這一輩子）……等。

例 Nunca hemos estado en Latinoamérica.　　我們從來都沒去過拉丁美洲。

左側直排文字：讓學生不想下課的西文課

3 tan 與 tanto

1 tan 是副詞

意思是「如此地」，用來修飾形容詞以及其他的副詞。

例 **Esa máquina es tan vieja que no funciona nada.**　　那機器已經舊到不能用了。

例 **¿Cómo es que llegas tan pronto?**　　你怎麼會這麼早來？

2 tanto 有兩個詞性

一個是副詞，一個是形容詞，意思都是「如此地」。

❶ 當副詞時，用來修飾動作的程度，不作其他的變化。

例 **Mi padre trabaja tanto que no tiene tiempo para acompañarnos.**

我爸爸忙工作忙到連陪我們的時間都沒有。

例 **La chica come tanto pero es muy delgada.**

那女孩吃這麼地多卻很瘦。

❷ 當形容詞時，用來修飾名詞的量，要隨名詞做陰陽性單複數變化。

例 **¡Tienes tantos amigos!** 你有這麼多的朋友耶！

例 **Esbribís tantas cartas. ¿Para quiénes?**

你們寫了這麼多張的卡片。是要給誰的啊？

3 以 tan 跟 tanto 來表達同級的比較型句型

❶ tan + 形容詞 + como... 「與……一樣的」

例 **Esa falda es tan cara como este vestido.**　　那條裙子跟這件洋裝一樣貴。

❷ 動詞 + tanto + como... 　「與……一樣地」

例 **Daniel corre tanto como yo.**　　丹尼爾跑得跟我一樣快。

❸ tanto / tanta / tantos / tantas + 名詞 + como... 　「與……一樣多的」

例 **Colecciono tantos sellos como tú.**　　我跟你蒐集一樣多的郵票。

4 interesar 的用法

Interesar 這個動詞的意思是「使……感興趣」，其用法同 gustar。

例 **No nos interesa esa película.**　　我們對那部片不感興趣。

例 **Me interesan mucho las recetas de los postres franceses.**

我對法式甜點的食譜很感興趣。

A 寫出過去分詞

① tomar

② leer

③ abrir

→ _____

→ _____

→ _____

④ decir

⑤ poner

→ _____

→ _____

B 填入 tan / tanto / tanta / tantos / tantas

1. Su hermana no es _____ guapa como ella.

2. Un gato no es _____ grande como un elefante.

3. ¿Por qué trabajas _____? Tienes que descansar.

4. No tengo _____ dinero como tú.

5. En invierno no hay _____ gente.

6. Felipe llega _____ tarde que no puede entrar.

c 看圖片選擇適當動詞，用現在完成式描述 Celia 的一天

ir / levantarse / acostarse / preparar / hacer

¿Qué ha hecho Celia hoy?

Celia ① _____ a las siete. Ha desayunado en casa y

② _____ a la oficina a las ocho menos cuarto. El horario

de su trabajo es de ocho a cinco. Ha salido de la oficina a las cinco y

cuarto y ③ _____ la compra con su hermana. Las dos

chicas ④ _____ algo para cenar. Después de la cena,

se ha duchado y ha enviado unos correos electrónicos. Puesto que ha

estado cansada, ⑤ _____ pronto, a las diez.

說到西班牙食物，最具代表性的應該是被稱之為
「西班牙海鮮飯」的 **paella** 了，那個上頭滿布蝦子，淡
菜，花枝，或者肉塊的橘黃色燉飯。會呈現出這樣美麗
的色彩主要是來自那天然的香料——**azafrán**（番紅花）。
不少人問過我：**paella** 是「海鮮」還是「飯」的意思啊？
其實都不是！這個字指的是烹調這種燉飯的容器，是一
種近看還看得到上面有幾個小小孔洞的平底鍋。這種特
殊的設計是為了讓米飯吸取海鮮中的湯汁。至於用這種
平底鍋煮的食物都叫 **paella** 嗎？不！若是將米飯換成了
麵條，則名稱就叫作 **Fideúa** 了。

Fuimos a España

我們去了西班牙

朋友
Fina
菲娜

剛度蜜月回來的
新人
Lidia
莉蒂亞

¡Qué bonito es el castillo! ¿Es de vuestra luna de miel esta foto?

這城堡好漂亮喔！是你們蜜月時拍的照片嗎？

Sí. Es el Alcázar de Segovia. Segovia fue declarada Ciudad Patrimonio de la Humanidad por la UNESCO en 1985.

是啊。這是塞哥維亞的阿爾卡薩堡。塞哥維亞整座城在 1985 年被聯合國教科文組織選為文化遺產。

Exacto. ¡Mira esta foto! Estuvimos delante del acueducto. Fue construido en el siglo I para traer el agua a la ciudad.

是的。你看這張照片！我們就站在水道橋前面。它是西元一世紀時，為了引水到城裡來而被建造的。

¡Ah, sí! Allí hay un acueducto romano muy famoso, ¿verdad?

啊，對耶！那裡有一座非常有名的羅馬水道橋，沒錯吧？

¿Cuántas ciudades españolas visitasteis durante el viaje?

你們這趟旅程去了幾個西班牙城市啊？

Cuatro: Madrid, Segovia, Toledo y Barcelona.

四個：有馬德里、塞哥維亞、托雷多、跟巴賽隆那。

¿Cuántos días duró el viaje?
去了幾天啊？

Doce días.
十二天。

¿Qué ciudad te gustó más?
你最喜歡哪個城市呢？

Me impresionaron todas. Sin embargo, me gustó más Barcelona.
所有的城市都讓我印象深刻。然而，我最喜歡的是巴賽隆那。

Es que me especialicé en Arquitectura en la universidad y me encantó la Sagrada Familia. ¡Qué fantásticas son las obras de Antonio Gaudí!
因為我大學主修建築，而我當時就好喜歡聖家堂。高弟的作品實在是太棒了啊！

¿Por qué?
為什麼？

acueducto	(m.)	水道橋		fantástico	(adj.)	虛幻的、極棒的
alcázar	(m.)	要塞、堡壘		humanidad	(f.)	人文
arquitectura	(f.)	建築		impresionar	(v.)	使……有印象
castillo	(m.)	城堡		luna	(f.)	月亮
ciudad	(f.)	城市		miel	(f.)	蜜
construido	(adj.)	被建造的		obra	(f.)	作品
declarado	(adj.)	被宣告的		patrimonio	(m.)	遺產
durante	(prep.)	在……期間		romano	(adj.)	羅馬的
durar	(v.)	持續		siglo	(m.)	世紀
encantar	(v.)	使……喜愛		visitar	(v.)	拜訪、參觀
especializarse	(v.)	主修		sin embargo		然而
famoso	(adj.)	有名的				

060

認識與旅遊有關的單字

acogedor	(adj.)	有人情味的	naturaleza	(f.)	大自然
catedral	(f.)	大教堂	océano	(m.)	海洋
costa	(f.)	海岸	paisaje	(m.)	風景
escultura	(f.)	雕刻	palacio	(m.)	王宮
fiesta	(f.)	節慶、舞會	plaza	(f.)	沙灘
flamenco	(m.)	佛朗明哥	rascacielos	(m.)	摩天大樓
gastronomía	(f.)	飲食	recuerdo	(m.)	紀念品
isla	(f.)	島嶼	río	(m.)	河流
mar	(m.)	海	toro	(m.)	鬥牛
mediterráneo	(adj.)	地中海的	actividad acuática		水上活動
montaña	(f.)	山	centro de negocios		商業中心
monumento	(m.)	紀念碑、古蹟	parque nacional		國家公園

我們去了西班牙 — *Fuimos a España*

語法解析

1 ser + 過去分詞：被動式

ser 為表示本質的 **be** 動詞，會隨著不同的時態，加上過去分詞來表示被動。若要表明做此動作的主事者，則用「**por** + 名詞」。其中要注意的是過去分詞要跟著修飾的名詞做陰陽性與單複數的變化。

例 **Su hijo fue mordido por un perro.** 她兒子被狗咬了。
　　　morder (v.) 咬

例 **El mes pasado su casa fue destruida por el tifón.**

上個月他家被颱風給摧毀了。　　　*destruir (v.)* 摧毀

2 簡單過去式的用法

強調一個確定的過去時間點所做的動作。

❶ 常見的時間副詞或片語：**ayer**（昨天）、**anteayer**（前天）、**el año pasado**（去年）、**el fin de semana pasado**（上個週末）、**la semana pasada**（上個禮拜）、**el otro día**（那一天），或 **hace** + 一段時間（多久以前）等。

例 **El verano pasado estuve en Perú.**　去年夏天我在秘魯。
　　　　　原形動詞是 *estar*（是）

例 **Ayer vi a David en el aeropuerto.**　昨天我在機場看到大維。
　　　　原形動詞是 *ver*（看）

例 **Hace dos años saqué el carné de conducir.**　兩年前我拿到了駕照。
　　　　　原形動詞是 *sacar*（取得）

❷ 在傳記中，描述過去特定時間發生的事。

例 **Pablo Picasso nació en Málaga el 25 de octubre de 1881 y murió**

en Mougins en 1973.

畢卡索1881年10月25日在西班牙的馬拉加出生，1973年在法國的慕景市過世。

❸ 「現在完成式」與「簡單過去式」的對比：現在完成式主要在陳述至今已完成的經驗，而簡單過去式則強調過去已結束的動作。

例 A：**¿Has viajado al extranjero?**　你出國旅行過嗎？

B：**Sí, una vez. El año pasado fui a Corea.**　有啊，一次。去年我去了韓國。

3 簡單過去式的動詞變化

■ 三大詞尾的規則變化

	人稱	-ar	-er	-ir
單數	yo（我）	-é	-í	-í
	tú（你/妳）	-aste	-iste	-iste
	él（他）、ella（她）、usted（您）	-ó	-ió	-ió
複數	nosotros/nosotras（我們）	-amos	-imos	-imos
	vosotros/vosotras（你/妳們）	-asteis	-isteis	-isteis
	ellos（他們）/ellas（她們）/ustedes（您們）	-aron	-ieron	-ieron

■ 常見的簡單過去式不規則變化動詞

	人稱	ir/ser	estar	tener	hacer	decir	poner	ver
單數	第1人稱	fui	estuve	tuve	hice	dije	puse	vi
	第2人稱	fuiste	estuviste	tuviste	hiciste	dijiste	pusiste	viste
	第3人稱	fue	estuvo	tuvo	hizo	dijo	puso	vio
複數	第1人稱	fuimos	estuvimos	tuvimos	hicimos	dijimos	pusimos	vimos
	第2人稱	fuisteis	estuvisteis	tuvisteis	hicisteis	dijisteis	pusisteis	visteis
	第3人稱	fueron	estuvieron	tuvieron	hicieron	dijeron	pusieron	vieron

■ 只在第三人稱單數與第三人稱複數作不規則變化的動詞。

例 **pedir** 的 e 改 i、**dormir** 的 o 改 u，以及 **leer** 的詞尾變化 i 改 y。

	人稱	**pedir**	**dormir**	**leer**
單數	yo（我）	pedí	dormí	leí
	tú（你/妳）	pediste	dormiste	leíste
	él（他）、ella（她）、usted（您）	pidió	durmió	leyó
複數	nosotros/nosotras（我們）	pedimos	dormimos	leímos
	vosotros/vosotras（你/妳們）	pedisteis	dormisteis	leísteis
	ellos（他們）/ellas（她們）/ustedes（您們）	pidieron	durmieron	leyeron

練習

A 根據括號內的原形動詞跟指定的人稱寫出其簡單過去式變化

① （llegar, yo）＿＿＿＿＿＿＿＿

② （ir, ella）＿＿＿＿＿＿＿＿

③ （comprar, usted）＿＿＿＿＿＿

④ （conocer, ellos）＿＿＿＿＿＿

⑤ （ver, nosotros）＿＿＿＿＿＿

⑥ （poner, vosotros）＿＿＿＿＿

⑦ （hacer, él）＿＿＿＿＿＿＿

⑧ （estar, ustedes）＿＿＿＿＿＿

B 挑選框中單字作現在完成式或簡單過去式變化以完成對話

> hacer 做 / probar 品嚐 / venir 來 / ser 是 / gustar 使……喜歡

A：Oye, ¿＿＿＿＿＿＿＿＿＿ la paella alguna vez?

B：Sí, una vez. El verano pasado ＿＿＿＿＿＿＿＿＿ unos amigos españoles

de mi padre. Un día, esos extranjeros y mi familia ＿＿＿＿＿＿＿＿＿ la

paella en nuestra casa.

A：¿Te ＿＿＿＿＿＿＿＿＿?

B：Sí, me encantó. ¿Y a ti?

A：A mí, también. Ayer ＿＿＿＿＿＿＿＿＿ la primera vez que yo la tomé.

¡Qué rica!

C 參考括號內的原形動詞，用 **ser** + 過去分詞完成被動式的句子

1. Este libro （publicar） _____ en 2005.

2. América （descubrir） _____ por Cristóbal Colón en 1492.

3. Las casas del campo （vender） _____

   la semana pasada.

4. UNESCO, La Organización de las Naciones Unidas para la Educación, la

   Ciencia y la Cultura, （crear） _____ en 1945.

　　西班牙文中，簡單過去式跟過去未完成式的對比，是很多人覺得困難度很高的地方。一來是英文單一種的過去式對應西班牙文的用法，怎會變成了兩種時態。而且簡單過去式的不規則變化好多呀！像 ir（去）跟 ser（是）的簡單過去式竟然是相同的一組變化，且 fui 跟 fue 兩個字，很多人總是分不清楚哪個是第一人稱單數變化，哪個是第三人稱單數變化。在此分享個小秘訣，可以用聯想記憶法來區分喔！英文中的 I 代表「我」的意思。那麼，對照過來，聯想到 fui 有 i 這個字，就屬於第一人稱單數的變化，也就是「我去」或者「我是」的意思囉。

200

¿Cuándo lo conociste?

妳什麼時候認識他的？

朋友一
Rosa
蘿莎

朋友二
Lucía
露西亞

蘿莎的室友
Eva
艾娃

蘿莎的老公
Mario
馬力歐

Rosa, ¿cuándo conociste a tu marido?
蘿莎，妳什麼時候認識妳老公的啊？

Lo conocí cuando vivía en Granada.
我住在葛拉那達的時候認識他的。

Recuerdo que te fuiste de Granada hace cinco años, ¿verdad?
我記得妳五年前離開了葛拉那達，對吧？

Sí, estudié y trabajé en un laboratorio de allí, de 2002 a 2008. Al siguiente año, me casé y nos trasladamos de casa.
是啊，我從 2002 年去那裡讀書，之後在那裡的一間研究室工作到 2008 年。隔一年，我就結婚了，然後我們搬了家。

¿Cuántos años tenías cuando lo conociste?
妳認識他的時候是幾歲啊？

Tenía veintidós años.
22 歲。

¿Cuando estudiabas en la universidad?
在妳讀大學時嗎？

Exacto. La historia es: un sábado, mis compañeras de piso volvieron a su ciudad y me dejaron sola.
是的！故事是這樣的：某個禮拜六，我的室友們都回她們自己的城市而留我一個人。

¿No saliste?
妳沒出門啊？

Al principio, iba a quedarme en el piso todo el día. Me preparé algo para desayunar. Vi la tele y canté con voz alta. De repente, oí un ruido y abrí la puerta con mucho miedo.

一開始我想待在公寓裡一整天。我準備了早餐。看著電視大聲地唱著歌。突然，聽到一個怪聲音，然後我帶著恐懼開了門。

妳什麼時候認識他的？

¿Cuándo lo conociste?

¿Qué pasó?
怎麼啦？

Vino un chico con una mochila. Era alto y guapo. Me preguntó si yo era Rosa. ¡Qué mala memoria! Mi compañera, Eva, se olvidó de la visita de su primo.

來了個背包包的男孩子。高高帥帥的。他問我是不是蘿莎。哎呀！我記憶真差！我的室友，艾娃，她忘記她堂哥會來。

Fue Mario, tu marido. ¿Verdad?
那個人就是馬力歐，妳老公。對吧？

casarse	(v.)	結婚	preguntar	(v.)	問
exacto	(adj.)	正確的	ruido	(m.)	噪音
historia	(f.)	歷史、故事	solo	(adj.)	單獨的、一個人的
laboratorio	(m.)	研究室	trasladarse	(v.)	遷移
memoria	(f.)	記憶	visita	(f.)	拜訪、參觀
miedo	(m.)	害怕	al principio		一開始
mochila	(f.)	背包	de repente		突然
olvidar	(v.)	忘記			

讓學生不想下課的西文課

063

認識和約會相關的休閒活動

bailar	跳舞	ir al concierto	聽演奏會
cantar	唱歌	ir al teatro	看戲
contemplar las estrellas	看星星	ir de compras	逛街
charlar	聊天	ir de excursión	踏青
dar una vuelta	兜風	jugar con videojuegos	打電玩
escalar montañas	登山	nadar	游泳
hacer ciclismo	騎單車	patinar	溜冰
hacer esquí	滑雪	tomar un café	喝咖啡
hacer senderismo	健行	salir de juerga	狂歡
ir al cine	看電影	viajar	旅行

妳什麼時候認識他的？ — *¿Cuándo lo conociste?*

語法解析

① 過去未完成式的動詞變化

■ 三大詞尾的規則變化

人稱		-ar	-er	-ir
單數	yo（我）	-aba	-ía	-ía
	tú（你 / 妳）	-abas	-ías	-ías
	él（他）、ella（她）、usted（您）	-aba	-ía	-ía
複數	nosotros/nosotras（我們）	-ábamos	-íamos	-íamos
	vosotros/vosotras（你 / 妳們）	-abais	-íais	-íais
	ellos（他們）/ellas（她們）/ustedes（您們）	-aban	-ían	-ían

■ 常見的過去未完成式不規則變化動詞

人稱		ser（是）	ir（去）	ver（看）
單數	yo（我）	era	iba	veía
	tú（你 / 妳）	eras	ibas	veías
	él（他）、ella（她）、usted（您）	era	iba	veía
複數	nosotros/nosotras（我們）	éramos	íbamos	veíamos
	vosotros/vosotras（你 / 妳們）	erais	ibais	veíais
	ellos（他們）/ellas（她們）/ustedes（您們）	eran	iban	veían

② 過去未完成式

主要用於以下狀況：

1 對過去習慣的描述

常見到搭配著以下的時間副詞或片語：antes（從前），siempre（總是），de ñiño / cuando era pequeño（小時候），de joven / cuando era joven（年輕的時候）……等等。

例 Antes comí mucha carne pero ahora soy vegetariana.

以前我很愛吃肉但現在是素食主義者。

例 De joven mi madre siempre lleva falda larga.

我媽媽年輕的時候總是穿著長裙。

2 對過去時間人、事、物的描述

例 Anoche soñé con un fantasma: era feo y con un único ojo muy grande en la cara. ¡Qué horrible!

昨晚我夢見鬼了：很醜，而且臉上只有一隻好大的眼睛。好恐怖喔！

3 表達當時的企圖

例 Iba a recogerte, pero de pronto sonó el teléfono...

我本來是要去接你的，但是電話突然響了……

4 用以表達禮貌與緩和語氣

例 Quería una blusa para combinar con esta falda.

我要一件（女）上衣來搭配這條裙子。

例 ¿Qué deseaban ustedes? 您們想要什麼呢？

3 「簡單過去式」與「過去未完成式」的對比

1 「動作的時間點」與「情境的鋪陳」

和一個過去的動作對比時，簡單過去式強調的是「動作的時間點」，過去未完成式則著重於「情境的鋪陳」。

例 Cuando ocurrió el terremoto, estábamos en el ascensor.

地震的時候，我們正在電梯裡。

例 Compré mi primer coche cuando tenía treinta años.

我 30 歲時買了第一部車。

2 解釋原因

過去未完成式解釋過去發生某事的原因。

例 El lunes no fui a trabajar porque estaba enfermo.

禮拜一我沒去上班因為我生病了。

A 根據括號內的原形動詞跟指定的人稱寫出其過去未完成式變化

① （ir, nosotros） _____

② （escuchar, tú） _____

③ （poder, ellos） _____

④ （vivir, vosotros） _____

⑤ （dar, yo） _____

⑥ （escribir, ella） _____

⑦ （ver, ustedes） _____

⑧ （querer, él） _____

B 根據括號內的動詞作過去未完成式或現在式變化

1. Antes mi hijo siempre （llevar） _____ vaqueros pero ahora （ponerse）

_____ traje. 以前我兒子總是穿牛仔褲，但現在他都穿西裝。

2. De pequeña yo （vivir） _____ en un pueblo pero ahora （vivir）

_____ en una ciudad. 小時候我住在一個小村子，但現在住在大都市。

3. De joven, me (gustar) _____ la música rock, pero ahora me (gustar)

_____ la música clásica. 年輕的時候喜歡搖滾樂，但現在我喜歡古典樂。

C 將括號內的動詞作過去未完成式或簡單過去式變化以完成全文

Cuando yo（llegar）_____ a Nantou,（ser）_____ una ciudad pequeña y cómoda. Ahora es diferente: es una ciudad turística.（Estudiar）_____ allí de 1972 a 1976. El primer año（vivir）_____ en la residencia de la escuela. Al siguiente año（alquilar）_____ un piso con unos compañeros de clase. Ellos （ser）_____ simpáticos y generosos. Siempre（jugar, nosotros）_____ juntos. Casi todos los fines de semanas（ir）_____ de excursión y（comer）_____ en restaurantes exóticos. ¡Uy! Pienso mucho en ellos.

D 選出適當的動詞

_____1. Ayer no Ⓐ estuve Ⓑ estaba en casa.

_____2. La semana pasada Elena e Ignacio Ⓐ se separaron Ⓑ se separaban.

_____3. El mes pasado conocí a una chica que Ⓐ fue Ⓑ era de Centroamérica.

_____4. Ahora no fuman, pero antes Ⓐ fumaron Ⓑ fumaban mucho.

小故事

西班牙人也愛喝咖啡！通常從早上的 café con leche，也就是我們說的「拿鐵」開始，接下來可能在早午餐之間的點心時間喝一杯，午餐後來一杯，五六點的下午茶時間，也可能再喝杯咖啡配個點心。還記得台灣在平價咖啡尚未流行前，去咖啡廳喝咖啡，小小一杯幾乎都要一百多塊錢起跳。然而，西班牙的咖啡其實不貴，一般而言都還比果汁、汽水便宜。而且有趣的是，要不是像星巴克這樣的美式連鎖咖啡進駐，有了多種冰咖啡選擇出現，以前你在西班牙點冰咖啡，服務生可是會覺得納悶的！還記得第一次在西班牙喝咖啡時，同行友人點了冰咖啡，服務生就是一臉疑惑地看著他，而咖啡送來時，可不是調好的冰咖啡喔，而是一杯小小的熱咖啡，旁邊再給你一個裝滿冰塊的玻璃杯。

¿Lo sabes?

Nota ▶

練習解答

Tema 1

A：國籍與國家名稱配對

1. D　2. E　3. A　4. B　5. C

B：寫出以下陽性單數國籍的陰性單數變化

1. taiwanesa　2. alemana　3. cubana　4. marroquí
5. holandesa　6. estadounidense

C：觀察以下三個西語系國家人的名字，找出名和姓。

	Nombre （名字）	Apellido del padre （父姓）	Apellido de la madre （母姓）
1.	Carlos	Ruiz	Sánchez
2.	María Teresa	Sanz	Iglesias
3.	Miguel	Fernández	Durán

D：填入 ser 或 estar 的現在式動詞變化

1. es；soy　2. es　3. estás　4. está

Tema 2

A：職業與工作地點配對

1. D　2. C　3. A　4. E　5. B

B：寫出圖片中人物的職業名稱

1. Policía　2. estudiante　3. peluquero　4. taxista

C：根據括號內的原形動詞，填入現在式動詞變化

1. se dedica；Soy；trabajo　2. estudiamos　3. hace；Es　4. trabajan

Tema 3

A：序數與相符合的基數配對

1. E　2. A　3. C　4. D　5. B

B：寫出以下縮寫所代表的西文字

1. calle　2. derecha　3. plaza　4. avenida　5. número

C：問答連連看

1. D　2. C　3. B　4. A　5. E

D：填入所有格形容詞

1. mi　2. su　3. sus　4. su　5. tus　6. vuestros

Tema 4

A：親屬稱謂及釋義配對

1. C　2. B　3. A　4. D　5. E

B：參考中文翻譯，填入表達婚姻狀態的形容詞

1. casados　2. viuda　3. soltera

C：閱讀以下短文，挑選框框中的親屬稱謂單字，對應空格的圖片

1. abuela　2. hermano　3. hermana　4. padre　5. madre　6. tía

Tema 5

A：找出反義詞

　　1. D　2. E　3. A　4. B　5. C

B：填入正確的指示詞

　　1. esta　2. aquella　3. ese；ese

C：猜猜以下描述是台灣的哪位公眾人物
　　張菲

D：參考提供的單字，用ser/ tener/ llevar 等動詞來造句描述右欄的人物
　　Es alto y joven. Tiene el pelo corto y lleva gafas. Es muy amable.

Tema 6

A：方位相反詞的配對

　　1. D　2. E　3. A　4. B　5. C

B：填入hay 或está / están

　　1. Está　2. hay　3. está　4. están　5. Hay

C：根據括號內的原形動詞，填入現在式動詞變化

　　1. tomamos　2. va　3. sigues

D：參考範例，使用框中提供的單字造句

　　1. Mi casa está al lado de la oficina de correos.

　　2. Tu diccionario está encima de la mesa.

　　3. Su agenda está entre la computadora y la impresora.

　　4. El museo del Prado está a la derecha.

Tema 7

A：將右欄的物品與左欄的地點作配對

　　1. D　2. A　3. C　4. B　5. E

B：選出正確的介系詞加代名詞用法

　　1. C　2. B　3. B　4. A　5. B　6. A　7. C　8. C

C：填入正確的所有格形容詞或所有格代名詞

　　1. tus；mis　2. mía　3. sus；míos　4. suya　5. su

Tema 8

A：寫出以下時間的西文表達

　　1. Las tres y diez.　2. Las doce y media.　3. La una y cuarto.
　　4. Las ocho menos veinte.　5. Las nueve en punto.

B：選擇框中的動詞並作現在式變化，填入適當的空格中以完成短文
　　me levanto / Desayuno / voy / almuerzo / ceno / me acuesto

C：翻譯

　　1. Me despierto a las seis.

　　2. Esos niños no se lavan las manos.

　　3. ¿A qué hora te acuestas normalmente?

Tema 9

A：將正確的數字作配對

1. B   2. C   3. A   4. D   5. E

B：寫出以下阿拉伯數字的西文

1. tres mil ciento cincuenta

2. siete mil cuarenta y uno

3. cien mil

4. novecientos doce mil ocho

5. dieciséis millones setenta y dos mil trece

C：寫出以下圖片的水果名稱

1. fresa   2. piña   3. plátano   4. sandía

D：根據括號內的原形動詞，填入現在式動詞變化

1.cuesta   2. valen   3. son   4. están   5. es；**tienen**

Tema 10

A：組合成完整句來表達想購買的物品

1. B   2. A   3. D   4. C

B：寫出下列五種顏色

1. amarillo   2. rojo   3. negro   4. gris   5. verde

C：選出正確的受格人稱代名詞

1.C   2. B   3. C   4. B

D：將下列句子依出現的前後排出1～6的序號來完成購物對話

1, 4, 2, 6, 3, 5

Tema 11

A：物品與材質的配對

1. C   2. B   3. D   4. A

B：填入**gusta / gustan** 或 **parece / parecen**

1. gustan   2. gusta   3. parecen；**parecen   4. parece**

C：選出正確的動詞變化

1. B   2. A   3. C   4. C、C

D：用括號內所提供的名詞與形容詞，寫出表達比較級的句子

1. Este libro es más interesante que ese.

2. Estos vaqueros son más estrechos que esos.

3. La falda de Mónica es más corta que la de Viviana.

Tema 12

A：根據指定人稱，寫出未來式變化

1. hablarás   2. iremos   3. venderán   4. escribiré

5. tendrán   6. diréis   7. vendrá   8. hará

B：選出正確的動詞變化

1. C   2. C   3. A   4. B   5. C、C

C：挑選框中單字或片語以完成電話邀約內容

B D A C E

Tema 13

A：觀察菜單，挑選框框中的單字或片語填入空格中
　　1. B；A　2. F　3. C　4. D；E

Tema 14

A：請寫出下列圖片中的物品名稱
　　1. caja fuerte　2. teléfono　3. maleta　4. pasaporte　5. toalla

B：選出最符合問句的回答
　　1. C　2. A　3. B　4. C　5. C　6. A　7. B　8. B　9. A　10. C

Tema 15

A：寫出1～5號的人體部位名稱
　　1. ojo　2. oreja　3. brazo　4. pierna　5. pie

B：選擇正確的動詞變化
　　1. C　2. B　3. A　4. C　5. B　6. A

C：選擇最恰當的問答
　　1. E　2. D　3. C　4. A　5. B

Tema 16

A：寫出過去分詞
　　1. tomado　2. leído　3. abierto　4. dicho　5. puesto

B：填入tan / tanto / tanta / tantos / tantas
　　1. tan　2. tan　3. tanto　4. tanto　5. tanta　6. tan

C：看圖片選擇適當動詞，用現在完成式描述Celia 的一天
　　1. se ha levantado　2. ha ido　3. ha hecho
　　4. han preparado　5. se ha acostado

Tema 17

A：根據括號內的原形動詞跟指定的人稱寫出其簡單過去式變化
　　1. llegué　2. fue　3. compró　4. conocieron
　　5. vimos　6. pusisteis　7. hizo　8. estuvieron

B：挑選框中單字作現在完成式或簡單過去式變化以完成對話
　　has probado / vinieron / hicieron / gustó / fue

C：參考括號內的原形動詞，用ser + 過去分詞完成被動式的句子
　　1. fue publicado　2. fue descubierta　3. fueron vendidas　4. fue creada

Tema 18

A：根據括號內的原形動詞跟指定的人稱寫出其過去未完成式變化
　　1. íbamos　2. escuchabas　3. podían　4. vivíais
　　5. daba　6. escribía　7. veían　8. quería

B：根據括號內的動詞作過去未完成式或現在式變化
　　1. llevaba；se pone　2. vivía；vivo　3. gustaba；gusta

C：將括號內的動詞作過去未完成式或簡單過去式變化以完成全文
　　llegué / era / Estudié / viví / alquilé / eran / jugábamos / íbamos / comíamos

D：選出適當的動詞
　　1. A　2. A　3. B　4. B

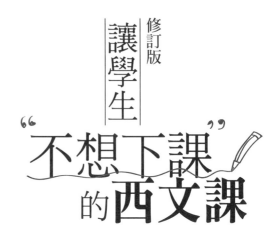

國家圖書館出版品預行編目資料

讓學生不想下課的西文課. 西班牙語初級
會話篇 / 陳怡君作 . -- 初版 . -- 新北市：楓
書坊文化，2013.10　216 面；29.7 公分

ISBN　978-986-5775-02-5（平裝）

1. 西班牙語　2. 會話

804.788　　　　　　　　102015012

出　　　　版／楓書坊文化出版社
地　　　　址／新北市板橋區信義路163巷3號10樓
郵 政 劃 撥／19907596　楓書坊文化出版社
網　　　　址／www.maplebook.com.tw
電　　　　話／02-2957-6096
傳　　　　真／02-2957-6435
作　　　　者／陳怡君
總 經 　 銷／商流文化事業有限公司
地　　　　址／新北市中和區中正路752號8樓
網　　　　址／www.vdm.com.tw
電　　　　話／02-2228-8841
傳　　　　真／02-2228-6939
港 澳 經 銷／泛華發行代理有限公司
定　　　　價／450元
再 版 日 期／2017年8月